天下人の茶

伊東　潤

天下人の茶

目次

天下人の茶　第一部

一

五更の天も明石潟。〳〵。須磨の浦風立ちまよふ。雲より落る布引の、滝の流れもはるかなる。芦屋の、灘も打過ぎて。難波入江のみをはやみ。芥川にそ着きにけり。〳〵

主君信長の仇を討つために道を急ぐ、あの時の己の気持ちが乗り移ったかのように、地謡(じうたい)の声が高まる。

『明智討』も終盤に差し掛かった。

——あの時のわしになるのだ。

シテとして自らを演じる秀吉は、かつての己になりきろうとしていた。

薄絹を隔てて見える後陽成(ごようぜい)帝は微動だにせず、こちらを見据えている。

強風が紫宸殿の前庭に吹き込み、能舞台の四方に焚かれた篝をさかんに煽る。

しばらく是にて諸卒を揃へ。敵の中へ切つて入り。彼の逆徒を討つて信長公の孝養に備へばやと存候。いかに誰かある。

左、右、左と三足後退しながら、両腕を横に広げた秀吉は、右手の扇を横からゆっくりと差し上げ、正面に向けて高く掲げた。

――上様、ただ今、参りますぞ。上様の仇を、この藤吉が取ってみせまする！

あの時、秀吉は本気でそう思った。そう思わない限り、あれだけの速さで京都に向かうことなど、できようはずがなかった。

――だが、それは偽りだ。わしは己に都合の悪いことを忘れ去り、真の忠臣になろうとした。

秀吉も明智光秀も、傀儡子に踊らされる人形にすぎなかったのだ。

「やっ」

「はっ」

秀吉を追い立てるように、囃子方の拍子や掛け声が熱を帯びる。

――わしは、傀儡子を殺せば自由になれると思い込んでいた。しかし傀儡子は、死した後もわしの手足を操り続けておる。

――舞うのだ。ただ舞うのだ。

秀吉は無心で舞うよう、己を叱咤した。しかしそう思えば思うほど、傀儡子の糸が体に絡み付いてくる。

――そなたは、ずっとわしを操るつもりなのだな。

傀儡子が死した後、秀吉は、どうしたらよいか分からなくなった。とにかく、傀儡子が秀吉を操るための道具とした茶の湯だけには近づきたくなかった。それまで狂ったように執心していたのが嘘のように、秀吉は茶の湯から遠ざかった。

――茶の湯こそは、傀儡子の糸だったのだ。

秀吉をその糸から解き放ったのは演能である。舞っている間だけ、秀吉は自由になれた。

爾来、秀吉にとって舞うことだけが救いとなる。己の意思で自在に手足を動かせる喜びに、秀吉は浸った。しかも一度、面をかぶれば、己以外の何者かに変身できる。

――別の誰かを演じることで、わしは、この忌まわしい現世から逃避しようとした。

だがそれは、一時の幻想にすぎなかった。

ふと気づくと、手足には糸が結ばれていた。その先をたどっていくと傀儡子がいた。

「殿下とわたくしは、一心同体でございます」

傀儡子は笑みを浮かべ、確かにそう言った。

秀吉は恐ろしくなり、糸を切って逃れようとした。しかし焦れば焦るほど、糸は体に絡み付き、身動きが取れなくなる。

結局、秀吉は何物からも逃れられなかった。

――それでも、わしは舞っている間だけ、己を遠目から見ることができた。

そのことに気づいた秀吉は、お抱え作家の大村由己に、『吉野詣』『高野参詣』『明智討』『柴田討』『北条討』といった、自らの事績や自らが経験した出来事の謡本を書かせた。

――わしは己を舞う時だけ、この忌まわしい己から離れられるのだ。

秀吉は、かつての己を舞うことで己の足跡を確かめ、己の実在を実感できた。

それでも傀儡子は、一心不乱に舞う秀吉に糸を絡めてくる。

「この世は、太閤殿下とそれがしが創ったも同じではありませんか」

傀儡子の言葉が脳裏を駆けめぐる。

秀吉は無心に舞うことで、それから逃れようとした。

――舞うのだ。わしを舞うのだ。さすればわしは、わしでいられる。

しかし舞えば舞うほど、疑問は頭をもたげてくる。

――これらの事績や出来事は、本当に現世にあったことなのか。あったとしても、わしではない誰かの身に起こったことではないのか。

何かに圧迫され、呼吸が苦しくなる。

――わしは豊臣秀吉だ。まごうかたなき天下人ではないか！

そう言い聞かせようとすればするほど、疑念の黒雲が胸内に広がる。

――いったい、わしは誰なのだ。

囃子方の掛け声や地謡の声が突然、耳によみがえる。いよいよ『明智討』も大詰めに掛かった。

時刻移してかなふまじ。日影を見ればなゝめなる。雲の旗手の天津空。水無月のみなせ川。山本伝ひ山崎の。宿の東に打出て。敵陣近く、よせて行く

秀吉が上げ足の姿勢を取った。左右の足を膝より高く上げ、一歩、一歩、踏みしめるようにして、秀吉は歩いた。

戦の鬼となり、主信長の仇を討つという闘志が、全身にみなぎる。

この姿勢は高度な鍛錬を必要とし、足の筋肉に過度な負担を強いる。だが、激しい稽古を重ねてきた秀吉に不安はない。

云ひもあへぬによせてより。〳〵。声々時を作りかけ。やいばを揃へてかゝりけり

鼓の音が耳朶を震わせ、囃子方の「ヤ声」と「ハ声」が煽り立てる。

秀吉は若き日の己になり切ろうとした。

だが秀吉には分かっていた。

——わしは命ある限り、傀儡子からは逃れられぬ。

喩えようもない悪寒(おかん)が、胸底からわき上がってくる。


文禄五年(一五九六)五月、秀吉は三度目となる禁中能を催した。

伝統と慣習を重んじる宮中に、庶民の文化を起源とする能を持ち込むなど前代未聞だが、秀吉は己の権力に物を言わせ、能を帝の高覧に供した。現人神(あらひとがみ)であらせられる帝に自らの舞を奉納することで、秀吉は現世で犯した罪を償いたかったのだ。

——言い訳はしたくない。すべては、わしが責めを負わねばならぬことだ。しかし、かの男と出会わなければ、こんなことにはならなかった。かの男と最初に出会ったのは、はて、いつのことだったたか。

秀吉は記憶を手繰っていった。

二

「茶の湯というのは、真に面白きものよの」

信長が、その薄い唇に酷薄そうな笑みを浮かべた。

すでに見慣れているとはいえ、この主の笑みを見る度に、秀吉の背筋に寒気が走る。


天正四年（一五七六）六月、妙覚寺方丈――。

上座に信長、その左手に三人の武将、その右手に三人の商人が居並び、信長の背後の床には、牧谿の筆になる「洞庭秋月図」が掛けられていた。本来であれば夏の絵を掛けるべきだが、信長は常に先を見据え、時を先取りしようとする。

同朋によって膳が片付けられ、いよいよ濃茶が振る舞われる段となった。

「ようやく安土の城の普請も始まった。それゆえ、これまで世話になった堺衆をねぎらおうと思うてな」

「篤きご配慮、ありがとうございます」

今井宗久、津田宗及、そして千宗易の三人が平伏する。

天正二年から三年にかけて、信長の天下統一事業は順調に進んだ。伊勢長島の一向一揆を討滅し、長篠合戦で武田家に壊滅的打撃を与え、越前一向一揆を平定した。

天正四年七月の木津川口の海戦で、毛利水軍に敗れたのは誤算だったが、毛利家を討滅すべく、秀吉に中国計略を命じたばかりである。

「先々のことも考え、わが手の者の中でも、とくに気の利いた者たちを、そなたらに引き合わせておこうと思い立ち、ここに呼んでおいた」

信長が顎で合図したので、堺衆の対面に座す三人が会釈した。

相手が商人なので、あまり深く頭を下げると信長の機嫌を損じる。そのため秀吉は慎重に角度を考えた。

「手前から惟住（これずみ）五郎左衛門、惟任（これとう）日向、羽柴筑前だ。すでに顔は互いに見知っておろう」

信長が、堺衆三人に対座する丹羽長秀、明智光秀、そして秀吉を紹介した。

「向後、何かと密にやりとりせねばならぬ者どもだ。よしなにな」

「はっ」と答えつつ、今井宗久と津田宗及が競うように平伏したが、宗易と呼ばれた男だけは、鈍重そうに頭を下げた。

――この男は虚（うつ）けか。

秀吉は一瞬、そう思ったが、虚けなら信長がこの座に呼ぶはずはない。同じ堺の会合衆でも頑迷固陋な者たちは、すでに信長によって排除されている。

「そなたらも、堺衆に茶の湯の手ほどきを受けるがよい」

「ははっ」

「わしは、茶の湯がいたく気に入った。早速だが点前を見せてくれ」

「では、わたくしが――」

最上座にいる今井宗久が膝をにじる。

この時代には、二畳や三畳といった狭い空間の数寄屋はない。八畳間の書院などで、茶道具を台子と呼ばれる棚に飾り、唐物天目で濃茶を喫するというのが常法である。

流れるような手つきで、宗久が台子点前を見せる。それを武士たちの視線が追う。

宗久の所作には無駄がなく、非の打ちどころはない。だがそこには、職人のような慣れがあるだけで、それ以上の何かは感じられない。

――こんなもののどこが、上様は面白いのだろう。

秀吉には、信長の気持ちなど分からない。しかし信長が「面白い」と言うのだから、それに追随するに越したことはない。

──織田家では、たとえ黒いものでも、上様が白いと言えば白くなるのだ。今は織田家中だけだが、ゆくゆくは天下万民が、黒いものでも白いと言わざるを得なくなる。

「わしは、茶の湯によって天下を統(す)べようと思う」

信長の言葉の意味がにわかには分からず、六人が顔を見合わせた。

「茶の湯によってとは、いかなる謂(い)いでございますか」

日向臭い顔に驚きの色を浮かべつつ、丹羽長秀が問う。

「厳密に言えば茶会の開催、つまり『茶の湯張行(ちょうぎょう)』を許可制にし、また功を挙げた者には、褒美として名物茶道具を下賜(かし)するということだ」

「功を挙げた者たちへの褒美を、土地や金銀ではなく、茶道具にすると仰せか」

光秀が唖然として問い返す。

「そうだ。土地には限りがあるからな」

永禄十一年（一五六八）十月、将軍候補の足利義昭を奉じて上洛した信長は、将軍義栄(よしひで)と三好三人衆を京都から追い、瞬く間に畿内を制圧した。その時、畿内周辺の国人土豪は、競うように信長に臣従を誓った。その中に、大和一国を押さえる松永久秀がいた。久秀は、「我朝無双（わがちょうむそう）」とたたえられた茶入「付藻茄子（つくもなすび）（九十九茄子）」を信長に献上し、大和一国を安堵された。

それ以後、名物道具の魅力に取り付かれた信長は、名物と聞けば手当たり次第に集めた。当初は室町幕府の衰退と共に散逸（さんいつ）していた東山御物（ひがしやまごもつ）の収集から始めたが、次第に宋や元時代の唐物（からもの）なら何でも手に入れるようになった。むろん対価は払うものの、半ば強制的な召し上げである。

――そういうことか。

信長の真意に気づいた秀吉は、大げさに膝を叩いた。

「つまり堺衆の権威によって、茶道具の価値を高め、功を挙げた者に茶の湯開きを許したり、名物を下賜したりするのですね」

「その通りだ。これからは茶の湯が、この世を統御する。そして、その大事業を手伝うのが、そなたら六人というわけだ」

刃のように鋭い眼差しで、信長が六人を見回す。

「むろん、異存はないな」

今井宗久と津田宗及が顔を見合わせると言った。

「異存ございませぬ」

遅れて宗易も頭を下げた。何事も素早いことを好む信長に反発しているような、その重々しい挙措が、逆に秀吉の目には新鮮に映った。

──こういう形で、己の存在を主張する者もいるのだな。

むろん宗易は、わざとそうしているわけではないのだろう。

──そういう性質なのだ。

しかも宗易の態度を、とくに信長が不快に思っているようでもない。

「この策は、そこにおる千宗易の発案だ」

信長が顎を末座に向けると、宗易は両手をつき、軽く頭を下げた。

「これまで多くの天下人や大名が頭を悩ませてきたことを、宗易はいとも容易に解決した。さすがのわしも、その知恵に舌を巻いたわ」

──まさか、この男が上様に知恵を授けたのか。

秀吉は、その事実がにわかには信じられなかった。

長秀が戸惑ったように問う。

「まさかわれらも、土地ではなく茶道具をいただくことになるのでしょうか」

「当たり前だ。そなたらには、率先してありがたがってもらう」

「そいつはまいりましたな」

長秀が、首筋に手をやって苦笑いを浮かべた。

「上様」

光秀が膝をにじった。その顔は真剣そのものだ。

――これだから堅物（かたぶつ）は困る。

光秀の反論を聞いた後の信長の不機嫌を思うと、秀吉は暗澹（あんたん）たる気分になる。

「われらはそれでも構いませぬが、われらの家臣や、その下の陪臣（またもの）どもには、土地や金銀を与えねばなりませぬ。かの者たちは、茶道具よりも明日の食い扶持が大切なのです」

「ほほう。そなたはそう思うか」

水平線から黒雲がわき出すように、信長の顔付きが一瞬にして険しくなる。

「われらが褒美として土地や金銀をいただけないことになれば、かの者らに分け与える土地や金銀を捻出できませぬ。それゆえ何卒、ご再考のほどを」

いかにも真剣そのものといった態度で、光秀が平伏する。

――そうした正論を吐くことが、どれほど上様を怒らせるか、いつまで経っても、この男には分からぬのだ。

「家臣どもの食い扶持を考えるのは、そなたらの仕事だ」

堺衆の前だからか、それでも信長は癇癪を抑えている。

「そう仰せになられましても、功を挙げた者や働きのいい者には、褒美を取らせねばなりませぬ。われらの懐から褒美を出すとしても限りがあります」

なおも光秀は抵抗した。確かに、ここで何となく同意してしまうと、後で取り返しのつかないことになるのも事実だ。

――とはいうものの、そのやり方が、あまりに不器用すぎる。

秀吉は心中、慨嘆した。

「そなたは、わしの命に従えぬと申すか」

信長の口元が震えている。怒りが爆発する予兆である。

――何とかせねば。

秀吉が、そう思った時だった。

「お待ち下さい」

宗易が初めて口を開いた。低く嗄(しゃが)れているが、耳に心地よい声音である。

「天下万民が茶の湯を楽しむようになれば、それを気にする必要はなくなります」

一瞬、呆気に取られた信長だったが、次の瞬間には宗易の言葉を理解したのか、満面に笑みを浮かべた。

「つまり茶の湯を下々にまで敷衍(ふえん)すれば、かような問題は取るに足らぬというのだな」

「仰せの通り」

早速、光秀が反論する。

「何を申すか。そんなことは絶対に無理だ」

「いいえ。人には、明日の食い扶持よりも大切なものがございます。それが心を慰めるもの、すなわち茶の湯や詩歌なのです」

「それでは、飢え死にすると分かっていても、人は心を慰めたいと申すか」

「はい。人とは不思議な生き物です」

「そんなことはない」

光秀が目を剝いたが、信長は宗易を支持した。

「宗易の申す通りだ。上下こぞって茶の湯に親しむようになれば、皆、何よりも茶道具をありがたがるようになる」

秀吉が勝負どころを察した。

「仰せご尤も。われらが功を挙げた際には、率先して茶の湯開きの権限と茶道具を下賜して下され。さすれば皆もそれに倣い、また槍働きを専らとする者どもも、茶の湯と茶道具に執心するようになります」

「その通りだ。茶の湯を敷衍することで、下々も道具をありがたがる。すなわち、万民こぞって茶の湯三昧になるということだ。その時、最ももうかるのは――」

信長の鋭い眼差しが堺衆に向けられる。

「そなたらだ」

「こいつは、まいりましたな」

宗久と宗及が笑み崩れた。しかし宗易と名乗る男だけは無表情のままだった。

「茶の湯の敷衍により、いよいよ大願成就も近づくというわけだ」

「大願とは、この国のすべてを平定するということですな」

秀吉が問うたが、信長は首を左右に振った。

「違うな」

「では、何を――」

「唐国よ」

「か、ら、く、に、と仰せか」

「ああ、唐土（もろこし）に進出する」

男たちは驚き、互いに顔を見合わせた。対面に座す宗易の顔にも、わずかに朱が差している。

「これまで誰にも告げていなかったが、わしは唐国の要衝を制し、そこを拠点として、南蛮諸国と交易するつもりだ」

「それは、どういうことで」

長秀が、その面長の顔に不安の色を浮かべる。

「寧波（ニンポー）・厦門（アモイ）・広州（香港（ホンコン））・澳門（マカオ）など、大陸にある有数の港町を押さえ、南蛮との交易から生まれる利を独占するのだ」

信長は、面としての大陸など一顧だにしなかった。信長が求めるのは点、すなわち港なのだ。

信長は、港を押さえるだけでアジアの王になれることを知っていた。おそらくルイス・フロイスら伴天連（バテレン）（宣教師）から得た知識を元に、その考えに至ったに違いない。

「お待ち下さい」

またしても光秀である。

「ということは、われらは軍船を仕立て、それらの港に討ち入り、そこを占拠し、守り抜いていくということですね」

「そうだ。そなたらの分担を決め、一気に攻め寄せて占拠する。そして港の周囲を深い堀と高い石塀で囲み、明（みん）軍が攻めてきても、そこで阻止する。さらに南蛮商人の力を借り、外洋を航行できる大型船を造り、商船を護衛させる。明は大した軍船を持たぬゆえ、海はわれらの支配下に置かれる」

信長が得意げに語ったが、光秀は不満をあらわにした。

「となれば、それらの地に常駐する兵や、軍船に乗る水主（かこ）も必要になります」

「当たり前だ。その役目を、そなたらにやってもらう。さすれば、外様の者どもも従わざるを得なくなる」

信長が平然として言う。

光秀が、まだ何か言いたそうにしているのを見た秀吉は、すかさず口を挟んだ。

「これぞ青史（せいし）に残る快挙。この藤吉、恐れ入りました！」

「そなたも、そう思うか」

「上様にしかできない大事業でございます」

「で、あるか」

信長は得意満面である。

「わが大願を現（うつつ）のものとして考えられるようになったのも、宗易のおかげだ」

宗易が頭を下げる。だがその顔には、先ほどまでなかった戸惑いの色が差していた。

――もしや此奴（こやつ）は不服なのか。

秀吉の直感がそれを教える。

「して、日向――」

信長の鋭い視線が光秀に据えられた。

「異存はないな」

「ございませぬ」

光秀が意を決したように答える。

「此度はせっかくの座だ。わが企みの皮切りとして、五郎左衛門には玉澗の筆になる『山市晴巒図』を、筑前にはこの『洞庭秋月図』を下賜しよう」

「あっ、ははあ」

二人が競うように平伏した。

秀吉は感涙に咽んだように肩を震わせ、跡が付くほど額を畳に押し付けた。

その掛軸がどれほどに価値があるか、秀吉には皆目分からない。だが、信長がくれるというのだから、身も世もないほどありがたがらねばならない。それが織田家中での処世術なのだ。

「そなたには――」

信長が光秀に言う。

「何もやらぬ」

それで、この日の茶会はお開きとなった。

信長が座を払って奥の間に引っ込むと、六人は三々五々、書院の間を後にした。

──たいへんなことになった。こいつは相当、頭をひねらねばならぬな。

人は皆、「無理だ」「駄目だ」と思うと、そこで思考を停止する。多くの固定観念が邪魔をし、すぐに結論を出してしまうのだ。

光秀などはその典型で、頭はいいが固定観念に囚われすぎて、発想が常識の域から出ない。

──だが、わしは違う。どのような難題にも方策はある。

それが秀吉の考え方である。

その時、ふと背後を振り返ると、先ほどまで対面に座していた男が、しずしずと歩いている。その背丈は、秀吉よりも頭一つは高い。

「宗易殿──、でしたな」

「ああ、はい」

宗易が俯いたまま頭を下げた。戸惑ったように視線をさまよわせるその顔つきは、どこから見ても愚鈍そのものである。

「これからは堺の方々の目利き次第で、いかようにも茶道具の価値を高められます」

「はあ」

「考えられぬほどのもうけが、転がり込んできますぞ」

「ええ、まあ」

宗易が困ったような笑みを浮かべる。

――此奴は虚けではない。

秀吉は咄嗟にそれを見抜いた。

――しかし何を考えておるかは、わしにも分からぬ。

上は重臣から下は足軽まで、信長の前では、己の能力をいかに高く見せるかに腐心する。特権を求める商人とて同じだ。しかし、この男だけは違う。

「羽柴様」

宗易の双眸が鈍い光を放つ。

「人は豊かさよりも、安んじて暮らせることを求めるとは思いませんか」

「まあ、そういう考え方もありますな」

この時、秀吉は、宗易が建て前で物を言っているのだと思った。

信長が耶蘇教の布教を許したことにより、この時代、「神の下では万民平等」という思想が広がってきており、民意を重視する大名や国人も増えてきている。

　――この宗易という男は、耶蘇教に入信していないにしても、その思想の洗礼を受けているに違いない。

　秀吉は、そうにらんだ。

「われら堺衆は、織田家の治世に大いに期待しております」

　そう言うと宗易は、腰を折るようにして一礼し、背を丸めて長廊を歩いていった。


　千宗易は大永二年（一五二二）、和泉国の堺で生まれた。年齢は信長より十二、秀吉より十五も上である。

　堺は瀬戸内海交易の起点および終着港として、また京都や大和といった内陸部の消費地に向けての流通拠点として、国内随一の繁栄を謳歌していた。

　宗易が生まれた頃は、まだ日明貿易が行われており、東アジアの国々からもたらされた様々な文物（ぶんぶつ）が、堺に流入してきていた。それらに幼い頃から接してきた宗易らの世代には、おのずと審美眼が備わっていた。

　宗易が少年の頃、すでに堺では茶の湯が流行していた。商談のために茶会を催すという堺の習慣は、瞬く間に畿内各地へと広がっていった。

宗易も十七歳の頃から、北向道陳という師に付いて茶の湯を習い始めたが、道陳は宗易の才を見抜き、当代随一と謳われた武野紹鷗を紹介した。紹鷗の下で学ぶうち、めきめき腕を上げた宗易は、堺を代表する茶匠となっていく。

そのまま何も起こらなければ、宗易は堺の商人茶人として名を残すだけだったに違いない。

ところが永禄十一年、織田信長が上洛を果たすことで、その運命が一変する。

奇道なり兵部

一

——何と美しいのだ。

牧村兵部（まきむらひょうぶ）は、そのほこりの付いた古茶碗を懸命に袖でぬぐった。

「これを、どこで見つけた」

鬼気迫る兵部の様子に、その兵はたじろぎつつ答える。

「あのモオリのある民家の大庁（テチョン）（食堂）です」

兵の指し示す方角には、朝鮮半島独特の屋根を覆う網、モオリが見えていた。

「よし、行くぞ」

兵部が陣所を飛び出すと、遅れじと配下の者たちが続く。

「こちらです」

古茶碗を見つけた兵を先頭にして砂塵（さじん）の巻き上がる道を駆けていくと、眼前に古びた大邸宅が現れた。

――没落両班（ヤンバン）の家だな。

両班とは、李氏朝鮮国の特権階級のことだ。かつては栄華を誇った両班たちも、一部を除いて没落しかかっている家が多い。

その大きな家の門をくぐると、棟割長屋の前にひざまずかされた奴婢（ぬひ）と思（おぼ）しき男女が、おびえた目を向けてきた。

「どこだ」

「こちらです」

家主の住む棟の前にも、家族らしき者たちが立たされている。

彼らを押しのけて中に飛び込んだ兵部は、客間（サランバン）を走り抜け、大庁に飛び込んだ。

「ここにありました」

兵が壁際に固定された食器棚を示す。

食器棚の中には、いくつかの高麗の碗があった。それを一つひとつ手に取って確かめたが、どれも月並みである。

「こんなものは要らぬ」

「そこではなく、その下です」

棚の下には食器や食材を並べる小卓(ソタツク)があり、兵はその下を指差していた。

「ここか」

そこをのぞき込んだが、何もない。

「それだけが小卓の下に置かれていたのです」

「なぜ、こんなところにあった。まさか隠しておったのか」

主人らしき男と会話していた通詞(つうじ)が、兵に替わって答える。

「この家の主人が申すには、今は亡き奴婢の婆(ばば)が肺疾を患っており、この茶碗に痰を吐きながら家事をしていたそうです」

思わずその茶碗から手を離しそうになった兵部だが、かろうじて思いとどまり、小卓の上に置いた。

その時、ちょうど差してきた朝日が茶碗に注いだ。

何と美しいのだ。

口縁部(こうえんぶ)の波打ち方といい、胴部の歪みといい、色むらのある窯変(ようへん)といい、その茶碗は理想的な美を表していた。

　――これを見たら、尊師はさぞ喜ばれるだろうな。

利休の顔がほころぶのを、兵部はまざまざと思い描けた。

「兵部様」

　主人と話していた通詞が、おずおずと声をかけてきた。

「朝鮮国は作陶が盛んゆえ、たいていの両班の家には轆轤（ろくろ）があり、奴婢に作陶させます。しかしこの家は轆轤がなく、手づくねさせるので、こうしたものがよくできるそうです」

　手づくねとは、轆轤を使わず陶器を手でこねてつくることだ。轆轤を使えば素人でも形になるが、手づくねでは難しい。

「同じようなものが、もっとないか聞いてみろ」

　通詞と主人の間で朝鮮語のやり取りが続く。それが苛立つほど長い。

「何と言っておる」

　痺れを切らした兵部が問う。

「主人が申すには、ここにはうまくできたものしかなく、作陶に失敗した陶器は奴婢でさえ使わないので、山の村の連中にやっているとのことです」

「山の村、だと」

再びやり取りが続いた末、通詞が言った。

「ここから西に三里ほど行った山間(やまあい)に、貧農が寄り集まって住んでいる集落があり、そこには、こうしたものが多くあるはずだと――」

「よし、行こう」

「お待ちあれ」

いつの間にか背後に来ていた弟の道通(みちとお)が、兵部の肩に手を掛けた。

「それは、加藤様から命じられたことを逸脱しております。兄者はこの地に陣を布き、敵の警戒に当たるのが、お役目ではありませぬか」

加藤様とは、兵部がいる村から十里ほど東にある西生浦(ソセンポ)で築城を指揮している加藤清正のことだ。

渡海軍の一将である牧村兵部は、慶尚南道(キヨンサンナンド)東端の西生浦近郊に陣を布き、加藤清正による西生浦築城の警備に当たっていた。日朝両国の戦闘は一時的な小康状態にあったが、いまだ非正規軍、いわゆる義兵による日本軍陣地への襲撃はやまず、日本軍将兵にとって、安閑としていられない日々が続いていた。

「うるさい！」

　兵部が道通の手を払う。

「その村には、かような宝が無尽蔵にあるというのだぞ。それを尊師にお見せすれば、尊師がどれだけお喜びになられるか――」

「利休居士は、お亡くなりになられております」

　うんざりしたように道通が答える。

「何を言う。尊師は生きておいでだ」

「いい加減になされよ。すでに二年ほど前――」

「分かっておる。しかし尊師の肉体は滅びても、尊師はデウス様のように、天からわれらを見守っておられる」

　道通が悲しげに目を伏せるのを無視し、兵部が強い口調で命じた。

「明日には戻る。兵の大半を置いていくので、この地はそなたが守れ」

　兵部は何かに憑かれたように、その歪んだ茶碗を見つめていた。

　文禄二年（一五九三）七月十日、朝鮮半島に渡った日本軍の破竹の進撃も収まり、日朝両国に明国を交えた和睦交渉が始まっていた。

二

この時をさかのぼること十年ほど前の天正十二年（一五八四）二月、兵部は師匠の宗易を一客一亭の茶会に誘った。

小さな屋敷の庭に草庵数寄屋を新築した兵部は、潜門（くぐりもん）で宗易を迎えた。

茶事において、潜門は重要な役割を果たしている。潜門をくぐることで、茶会に参じた人々の現世の身分はなくなり、いわゆる一視同仁となる。つまり現世のしがらみから脱し、虚心坦懐に茶の湯を楽しむことができるのだ。

茅葺屋根の潜門に両開きの簀戸（すど）を付け、少し重々しい雰囲気を出すことにより、兵部は現世と異界の境界を表現しようとした。

「かような草庵に、よくぞ、お越しいただきました」

「こちらこそ、お招きいただき感謝しております」

宗易が腰を曲げて頭を下げた。

二十三も年下の兵部に対し、宗易は常に礼節を尽くす。ほかの武家弟子に対しても同様だが、逆にそれが、近寄り難い雰囲気を醸し出していた。

深山幽谷を思わせる庭の間を進むと、視界が開けて草庵が見えてくる。

庭園は一見、こぢんまりとしているが、その一木一草の種類や形まで吟味し、木漏れ日によってどう見えるかまで工夫した。

南向きに建てられた草庵の屋根は柿葺切妻造で、軒先を長く延ばすことで深い土間庇にしてみた。躙口はその東端に付け、茶会に来た客が西から東に向かうようにしてある。

蹲踞は山中の古寺で見つけた四方仏だ。側面は薄く苔を付けたままだが、水溜りと上面は、清潔感を出すため磨かせてある。

宗易は蹲踞の前で一瞬、足を止めて側面を見たが、さしたる感情を表さず、手と口を清めた。

土間庇の下に敷かれた飛石には、兵部自ら水を打ち、背後から差してくるはずの夕日が反射するようにした。

――尊師は気づいただろうか。

飛石の水が乾かぬよう、宗易の来る直前まで、兵部は何度も打ち水を行い、しかも自然な風情を出すため、濃淡には細心の注意を払った。

しかし宗易は何も言わず飛石を踏み渡り、終点に設けた躙口に向かった。

落胆が波のように打ち寄せる。

躙口の前で立ち止まった宗易が、視線で兵部を促す。亭主は躙口を使わないのが礼法なので、兵部は慌てて茶立口から室内に入った。

点前座に着いた兵部が咳払いすると、宗易が躙口を開けた。兵部が見ていると、躙口に身を入れようとする寸前、宗易は肩越しに背後を振り返っていた。

山の端から差してくる夕日が、皺が多くなり始めた宗易の顔に深い陰影を刻む。

——お気づきになられたか。

それだけでも兵部の心は浮き立った。

六十三歳とは思えない軽やかな身ごなしで、宗易が躙口から身を滑り込ませてきた。その所作一つ取っても自然であり、無駄がない。

その数寄屋は四畳半で、壁面には二つの下地窓しかない。室内は仄暗いが、躙口の正面、つまり北側に床を、西側に炉と点前畳を設けるなどして、曇天の日でも点前がよく見えるよう、採光には十分に配慮している。そのため朝会の時は、清浄な光が室内に満ち、客を閑雅の境地に誘うはずだ。

むろん宗易も、そうした点には気づいているに違いない。

室内の建築素材にも細心の注意を払った。とくに山居らしい風情を出すため、木部には面皮材や丸太を用い、黒く色付けを施して木の板目を強調し、中塗りの土壁にはスサ（藁屑）を多く飛ばし、木部との調和を保つために黒く煤掃きした。

床には圜悟の墨跡を掛け、小花入に笹の葉を挿し、釣棚には竹蓋置と柄杓を置き、瀬戸焼の水指の傍らに風炉釜を据えた。

――あらゆる点で侘びているはずだ。

すべては、これまで兵部が見聞きした侘びの集合体であり、宗易が好むものばかりである。

しかし宗易は、顔色一つ変えない。

「それでは、お茶を差し上げます」

「よろしゅう、お頼申します」と言いつつ、宗易が軽く頭を下げた。

宗易好みの肩衝茶入の蓋を開けようとすると、わずかに茶がこぼれた。

こうした場合、何気なくふき取るのが作法だが、手が縮こまってそれができない。

宗易は薄く瞑目し、淡々と過ぎゆく時を楽しんでいるかのように見える。

何事もなかったかのように、兵部は動作を続けた。

洞庫(どうこ)から出した茶碗は、和物の伊勢天目である。

宗易の所持する瀬戸天目に似た黒褐釉(こくかつゆう)の掛かった逸品だが、宗易は一言も発しない。

やがて茶会が終わった。

自信をもって宗易を迎えた兵部だったが、終わった時には、落ち武者のように疲れ切っていた。

「たいへんよき茶を堪能させていただきました」

「ありがたきお言葉」

「しかしながら――」

好々爺(こうこうや)然としていた宗易の瞳に、厳しい光が宿る。

「此度の茶の湯では、貴殿の進境は感じられませんでした」

宗易の言葉が兵部の胸を抉(えぐ)る。

「その理由(わけ)は奈辺にあるのでしょう」

体を支えられないほどの落胆に襲われたものの、かろうじて兵部は問い返した。

「貴殿の茶風は端正そのもの。あらゆる侘びたものを並べ、しかも一つとして侘びすぎたものがなく、調和が保たれていました。しかしながら――」

宗易が一拍置く。

「ひたすら閑雅を求め、あらゆる点でそつなく座を整えようと、それだけで人の心を動かすことはできません」

「それは、どうしてですか」

宗易の眼差しが一瞬、憐れみの色を帯びる。

「人の侘びをまねるだけでは、己の侘びを見つけることはできないのです」

「ああ」

兵部が悄然と首を垂れる。

「歌道にも本歌取りというものがありますが、それは本歌の一部を借りるだけで、独自の境地に達しているからこそ、面白いものとなるのです」

「それがしの侘びは、独自ではないと――」

「残念ながら、そう思います。人の行く道を後から追っても、己の侘びには行き着きません」

「それでは、どうすれば己の侘びを手に入れられるのですか」

思い余って兵部が問うた。

「人と同じ道、すなわち常道を行かず、奇道を行くことが大切です」

「奇道と仰せか」

「奇道が見えませんか」

「はい。いっこうに」

消え入りたいほどの恥ずかしさを抑えつつ、兵部は正直に答えた。

「何事も焦らず、明鏡止水の境地でおれば、おのずと奇道は見えてきます」

釜から白い湯気が立ち上っている中、宗易は一礼すると、慣れた身ごなしで躙口から外に出ていった。

「尊師、お待ちを」

亭主の礼として、客を見送らねばならない。

茶立口を出た兵部が慌てて宗易の跡を追うと、潜門まで来たところで、宗易が振り向いた。

「数寄の道に常道は邪道」

「では何が、真の数寄なのですか」

「奇道こそ侘茶の境地」

「奇道と――」

「人のたどった道、すなわち常道を行こうとする者に、奇道は見えてきません」

それだけ言うと、宗易は去っていった。

――奇道か。

宗易を見送った兵部は、数寄屋に戻ると、茶碗を手に取った。

――わしの茶は、尊師から「独自のものがない」と言われ続けてきた。

だからと言って兵部には、どうしてよいか分からない。

宗易のように、独自の作意や趣向など何も浮かんでこないのだ。

――数寄の道とは分からぬものだ。

それが、兵部の偽らざる本音である。

兵部同様、宗易の弟子である細川三斎（忠興（ただおき））は、「茶の湯とは、ただ師の行うことをまね、目に映ったものをまねただけでも、（一般の人には）上手下手の区別はつかない。（まねることを）他念なく行う者を数寄者という」と述べている。

これに対して宗易は、「数寄というのは、他人と違うことをせよというのが、わたしの教えである。それゆえ古田織部はよし。細川三斎は（わたしの茶の湯と）少しも違わないので、さほど茶人としての名を高めることができないでいる」と言ったとされる。しかし独自の作意によって、己だけの侘びの境地に至るのは、並大抵のことではない。

兵部は、己がその境地に達せられるとは思えなかった。


この茶会のあった翌月、天下の風雲は急を告げ始める。

同年三月六日、織田信長の次男・信雄（のぶかつ）が、家老三人を殺して羽柴秀吉に反旗を翻した。この三人は親秀吉派として、事あるごとに秀吉の意を汲んだ言動に及び、さらに信雄の動向を逐一、秀吉に報告していたからだ。

かねてより秀吉との対決を不可避と見ていた徳川家康は七日、岡崎城を出陣し、十三日、清洲に入り、織田軍との合流を果たす。

世に言う小牧・長久手合戦の始まりである。

三

両陣営の緊張は日増しに高まっていたが、戦闘は小競り合いに終始し、双方共に先に仕掛けることをためらっていた。

そんな中、森長可（ながよし）が秀吉に積極策を建言する。

家康の本拠である三河国の岡崎を別働隊に急襲させ、慌てて兵を返そうとする家康の背後を、秀吉主力が突くという大胆な作戦である。

長可の岳父である池田恒興（つねおき）も賛同したので、一抹の不安を抱えながらも、秀吉はこの作戦を実行に移すことにした。

四月六日、羽柴秀次（この時は三好孫七郎信吉）を総大将に、池田恒興、森長可、堀秀政らに率いられた三河侵攻部隊四万五千が岡崎に向かった。

牧村兵部は秀次馬廻衆の物頭として、この部隊に加わっている。

しかし四万五千の大軍である。八日夜には家康の知るところとなった。

八日、先手（さきて）を担う池田隊一万二千は岩崎城南東の藤島へ、それに続く森隊五千は生牛原（おうしがはら）へ展開、九日の寅の下刻（午前四時頃）、三河への進軍路を扼（やく）する岩崎城への攻撃を開始する。

池田・森両隊の背後は、金萩原（かねはぎはら）に陣を布く堀隊九千が固めた。

この時点で秀次本隊一万六千は、はるか後方の白山林（はくさんばやし）で野営していた。堀隊との間には、仏ヶ根や檜（ひのき）ヶ根といった小丘群が横たわり、容易には連携が取れない状況にある。

一方の家康は丑（うし）の下刻（午前二時頃）、榊原康政ら四千五百の先手部隊を出陣させた。

この動きを、秀次本隊は全く摑んでいない。

九日未明、榊原隊は、長久手北方の白山林に陣を布く秀次本隊に迫っていた。

白山林の陣所周辺を見回り、異変のないことを確かめた兵部は、陣屋にしている百姓家に戻る途次にあった。

多くの篝火に照らされた陣所内を歩きつつ、兵部は、これまでの生涯を思い返していた。

――わしは常に傍流、つまり奇道を歩んできた。

漆黒の空に瞬く星を眺めつつ、兵部は宗易の言葉を思い出した。

――奇道こそ侘茶の境地、か。

天文十四年（一五四五）、兵部は稲葉重通（しげみち）の長男として生まれた。仮名（けみょう）は長兵衛、実名は利貞（としさだ）という。

兵部の祖父は、西美濃三人衆の一人として織田信長を支えた稲葉一鉄である。ところが父の重通は、長男にもかかわらず庶出なので稲葉本家の名跡を継げず、信長の死後、秀吉に仕えて功を挙げ、美濃清水で一万二千石の別家を立てさせてもらった。

その嫡男の兵部が父の家督を継げなかったのは、父の正室だった兵部の母が早死にし、後妻で入った女に、父が取り込まれたからだ。

その結果、外祖父にあたる伊勢岩出城主の牧村家に養子入りさせられた兵部は、牧村兵部大輔利貞となった。

かくして兵部は、嫡男であるにもかかわらず、由緒ある稲葉の姓も名乗れず、田舎土豪の家督を継ぐことになる。

庶出とはいえ、一鉄を支え続けた父は稲葉本家を継いでもおかしくなく、兵部にも、父の稲葉分家を継げる資格は十分にあったというのに、それが成らなかったのは運命としか言えない。

――父もわしも傍流に流されてきた。それゆえわしの茶は、本流すなわち常道を外さぬようになってしまったのやもしれぬ。

大河から支流へ支流へと流されていくような兵部の人生には、己をしっかりと捕まえてくれる何がしかの寄る辺が必要だった。その一つが茶の湯だった。

茶席の室礼（しつらい）や茶道具を見ている時だけ、兵部は現世の不安から逃れ、数寄の世界に心を遊ばせることができた。

茶の湯は兵部の不安を取り除き、人を殺すことが生業（なりわい）の武士稼業の矛盾や罪悪感を、寸時だけでも忘れさせてくれる。

――わしは、茶の湯にすがるしかないのだ。

兵部は、茶の湯によって心の平穏を保とうとした。

そんな兵部だが、一つだけ取り柄があった。

とにかく人に好かれるのだ。

信長しかり、秀吉しかり、周囲の者は皆、兵部の性格を愛した。

信長や秀吉の周囲には、己の功を声高に叫ぶ野人のような武士ばかりが集まり、控えめで思慮深い兵部の存在は際立っていた。

こうした兵部の特性を見抜いた信長により、兵部は、商人との折衝役に起用されるようになっていく。とくに、摂州堺との行き来が多くなる。

日本国の富の大半を生み出すと言われる堺を、信長は織田政権の財源にしようとしていた。それゆえ、商人に好かれるような穏健な手筋、すなわち交渉役を必要とした。

秀吉の時代になっても、それは変わらなかった。

堺商人との付き合いが深くなるにつれ、兵部は茶の湯を知り、その奥深い世界に魅了されていく。

信長在世時、信長の茶頭として、今井宗久、津田宗及、千宗易の三人が君臨していたが、兵部は第三の男の宗易こそ本物中の本物と見抜き、請うて弟子となった。

宗易の茶は自由奔放だった。何事も「師に従う」ことがよしとされたこの時代、先人の優れた点を学び、それに倣うのは当然である。

しかし宗易は違った。宗易は、師匠の武野紹鷗や辻玄哉の茶とは似ても似つかぬ独自の境地を模索していた。

山上宗二は『山上宗二記』にこう記している。

「宗易一人の事は目聞（利）きなるによりて、何事も面白し。平人、宗易をその儘似せたらば邪道と云々。茶の湯にてはあるまじき者なり」

宗二は、宗易は名人ゆえ何をやっても面白いが、それをほかの誰がまねても、邪道になるだけだと言う。

――わしは、己の道を見つけられるのか。

そう思ったところで、兵部の頭には、作意溢れる独自の趣向など浮かんでこない。

気付くと足元が明るんできていた。見上げると、山の端からわずかに朝日が差してきている。

――さて、岡崎までの道のりは長いぞ。

いまだ明けやらぬ空を眺めつつ、秀次の陣屋前まで来た時だった。

――何の騒ぎだ。

どこから人の喚き声が聞こえてきた。何かと思って耳を澄ませると、突如として鉄砲の炸裂音が轟いた。

「敵襲！」

その時、馬蹄の音と共に使番が駆け込んできた。

「敵だと。そんなはずあるまい」

「お味方を見誤ったのではないか」

「猪でも出たのだろう」

近くに野営していた秀次の幕僚が、次々と姿を現す。

「おい、敵はどこから寄せてきておる」

使番の胸倉を摑み、兵部が問う。

「西方から追いすがってきた敵に、最後尾の荷駄隊が襲われております」

「われらの動きが敵に勘付かれたのだな」

兵部が舌打ちした時である。

「申し上げます」

別の使番が馬を駆けさせてきた。

「敵が東から寄せてきております」

「何だと。挟撃されたか！」

「何を騒いでおる」

陣所の中で飯を食っていた秀次が、ようやく外に出てきた。

喚き声や刀槍のぶつかり合う音は、次第に近づいてきている。

「孫七郎様、敵に挟撃されたようです」

兵部が秀次の前に拝跪する。

「われらは一万六千の大軍、大したことはあるまい」

愚将ほど衆を恃むのは古来の通例だが、秀次も常に敵味方の兵力ばかりを気にしている。

「いいえ。徳川勢はこの一戦に賭けております。必ず死に物狂いで向かってくるはず。一方、われらは不意を突かれ、防戦もままなりませぬ。ここは堀殿に使者を出し、後詰いただくべきかと――」

「何を言う。わしは一万六千もの大軍を預かっておるのだ。徳川ごときの奇襲に物怖じしたとあっては、叔父上（秀吉）に顔向けできぬ」

秀次が高笑いしたが、その笑いには、不安の色が差している。

鉄砲の音や喊声が、徐々に近づいてきている。

「申し上げます！」

袖や錣に矢を突き立たせたまま、使番が駆け込んできた。

「お味方は総崩れ。間もなく敵の先手が、ここに攻め込んできます」

「何だと」

秀次の顔から血の気が引く。

――どうなっておるのだ。

敵の攻撃開始から小半刻（三十分）も経っていない。夜襲に備えて幾重にも陣を布いていたはずだが、その重囲が突破されたというのだ。

あまりに早い味方の崩壊を、兵部は信じられないでいた。

――やはり敵は、この一戦に賭けているのだ。

外縁部を守っていた部隊は敵の猛襲を支えられず、逃げ出したに違いない。夜襲の場合、敵の姿が見えないために恐怖心が増幅し、こうしたことがよくある。

「孫七郎様、いったん南に難を避け、堀勢との合流を図りましょう」

筆頭家老の木村重茲が提案した。重茲も茶事に通じ、利休の「台子七人衆」の一人に数えられている。

——妥当な策だ。

敵は東と西からやってきており、北には、渡河してきたばかりの矢田川が横たわっている。

ここは南に向かい、堀勢との合流を果たすのが常道である。

——常道か。

その時、兵部の頭に閃くものがあった。

「お待ちあれ。堀勢と合流するには、いったん東南の岩作まで迂回し、そこから南西に折れて金萩原に向かわねばなりませぬ。岩作付近に敵が待ち伏せておれば、われらは長久手の隘路に押し込まれ、身動きが取れなくなります」

「しかしそれ以外、孫七郎様を逃すいかなる手があるというのか」

重茲が非難がましく言う。

——その通りだ。だが、われらにとっての常道は、敵にとっても常道なのだ。

「この場は、来た道を引き返すのが上策かと思います」

兵部が北方に逃れることを勧めると、重茲が猛反発した。

「それでは矢田川を渡らねばならず、うまく渡河できたとしても、徳川主力が矢田川の北岸沿いに進んできていれば、飛んで火にいる夏の虫ではないか」

「周到な家康のこと。すでに矢田川を北から南に渡り、いずこかに陣を布き、逃れてくる孫七郎様を待っておるはず。この窮地は、敵の裏をかかねば脱せられませぬ」

「それは定石とは違う」

「いかにも仰せの通り。しかし常道を行けば、敵の罠に掛かります」

「いい加減にせい！」

秀次が床几を蹴って立ち上がった。

「わしは、どこに逃げればよいのだ」

先ほどまでの泰然とした態度を一変させた秀次が、泣きそうな声を上げた。

その時、目付役の木下祐久（すけひさ）が走り込んできた。

「孫七郎様、もう猶予はありませぬ。どこでも構わぬので、ここから落ちて下され！」

「分かった。久太郎（堀秀政）のいる南に向かう」

堀秀政は、「名人久太郎」と呼ばれるほど小戦の駆け引きに長けており、秀吉からも頼りにされていた。秀政なら、こうした窮地も切り抜けられると考えるのは当然だった。

――やはり、常道をお選びか。

裏をかこうとして、それが裏目に出てしまえば、兵部の責は免れ得ない。ここは重茲の意見に従っておくのが無難といえば無難だった。

引かれてきた馬の鐙（あぶみ）に、秀次が足を掛けた時である。

突然、敵が雪崩れ込んできた。

喊声は近づいてきていたが、これほど早く敵がやってくるとは思ってもみなかった。

「孫七郎様の周囲に人盾を築け！」

兵部の命に応じ、馬廻衆が幾重にもなって秀次を守る。木村重茲や木下祐久といった幕僚も、刀槍を取って周囲の守りに就く。筒音は耳朶を震わせるばかりになり、断末魔の絶叫が朝霧を切り裂く。

「孫七郎様、お早く！」

秀次を守るように前に立ちはだかった兵部が、秀次に乗馬を促した。

こうした場合、大将を最後まで守り抜くのが馬廻衆物頭の務めである。

「どこに逃げる！」

秀次の問いに兵部が口ごもった瞬間、敵の矢が馬の尻に当たった。

「うわあ！」

馬は秀次を振り落とし、どこかに走り去った。

「孫七郎様！」

すかさず助け起こそうとする兵部の腕を、秀次が摑んだ。

「頼む。助けてくれ」

その瞳は、猛禽類（もうきんるい）に襲われた小動物のように弱々しい。

――野兎が狼や野犬に捕まる時は、行ってはいけない方に吸い寄せられるように行ってしまう。

そういう時は、間違いなく死が待っている。

自然の中で育った兵部は、そうした場面に幾度となく出くわしていた。

――われらが常道を行くと、家康は知っている。ここは奇道を行くべきだ。

それは直感に近いものだった。

――どのみち孫七郎様が命を失えば、わしは追い腹を切る羽目になる。

兵部の心中に、開き直りに近い感情がわいてきた。

「孫七郎様、北に向かいましょう」

「北だと」

「はい。家康が賢ければ、必ず助かります」

この場は、家康の軍略を信じるという皮肉に賭けるしかない。

「分かった。どこでもよいから連れていってくれ！」

秀次を別の馬に乗せた兵部は、その背後を守りつつ北に向かった。

辰の上刻（午前七時頃）、秀次勢の危機を聞いて救援に駆けつけた堀秀政は、秀次勢の壊乱ぶりを見て救援をあきらめ、檜ヶ根と呼ばれる小丘に登ると、追撃してきた敵に激しく鉄砲を撃ち掛けた。これにはたまらず、敵が兵を引く。

秀政が敵を追って岩作の平野まで下りると、北方の富士ヶ根に輝く金扇（きんせん）の馬標（うまじるし）が見えた。

やはり家康は、堀勢との合流を目指して岩作を通るはずの秀次勢を横撃すべく、富士ヶ根で待ち伏せていたのだ。

もしも秀次が、堀勢との合流を目指して岩作に入れば、家康主力勢の待ち伏せに遭い、命を落とすところだった。

この時、「名人久太郎」は、平地で家康と戦うという愚を犯さなかった。

秀政は、逃げてくる秀次勢を吸収しつつ退き陣に移った。

一方、北方に逃れた秀次と兵部は、白山林から三里余北方にある秀吉方の先端拠点・竜泉寺城に逃げ込めた。

奇道を行くことで、兵部は秀次の命を守った。

この後、森長可と池田恒興は徳川勢に一方的に押しまくられ、そろって討ち死にを遂げる。

豊臣方の惨敗である。

これにより「家康手強し」と見た秀吉は、家康を己の政権内に取り込む方針に切り替えざるを得なかった。

四

天正十二年十二月、高山右近の招きにより、兵部は摂津高槻城を訪れていた。

城内で饗応を受けた後、右近の誘いに応じ、二人は馬で南蛮寺に向かった。

しばらく行くと、田園の中に右近自慢の天主堂が見えてきた。

「ここ高槻の地では、領内に二十もの教会が立ち、領民二万五千のうち、すでに一万八千が洗礼を受けました」

右近が胸を張る。

「まさにキリシタンの聖地ですな」

「はい。領民すべてが受洗し、領民と共にハライソ（天国）に赴くことが、それがしの夢なのです」

少年の頃に洗礼を受けた右近の信仰心には、一点の曇りもない。

ちなみにこの時、右近は三十三歳。兵部は四十歳である。

「右近殿、南蛮寺とはいうものの、見た目は常の仏教寺院と何ら変わらぬように見えますが」

　門前で馬を下りながら、兵部が首をかしげる。

「そうなのです。この国には、南蛮寺を建てられる番匠がおりませぬ。いずれにせよ南蛮寺などという目立つものを建ててしまうと、仏教勢力から焼き打ちされますから、これで満足せねばなりません」

　右近が白い歯を見せて笑った。

　二人が門内に入ると、中からは不思議な音色と、子供たちの澄みきった歌声が聞こえてきた。

「美しい曲ですね」

「はい。オルガンティーノ司祭が、オルガンを弾きながら子らに讃美歌を教えているのです」

　元亀元年（一五七〇）の来日以来、日本で布教活動を行ってきたオルガンティーノは、高槻の天主堂に司式者として招かれていた。

　天主堂の入口に馬をつないでいると、両手を広げてオルガンティーノが近づいてきた。

「神の家へようこそ」

オルガンティーノは、その小太りの体に喜びをにじませつつ兵部を抱擁した。

この時代、武士の中には殺生の日々に自責の念を感じ、何かに救いを求める者がいた。その多くは仏の教えにすがろうとしたが、すでに爛熟期を迎えていた仏教は、衆生を救うには衒学的になりすぎていた。

武士たちは己の仕事に理解を示し、救いの手を差し伸べてくれる神仏を欲していた。そこに現れたのが耶蘇教である。武士たちは、罪の意識を払拭してくれる耶蘇教に吸い寄せられるように惹かれていった。

兵部もその一人だった。戦場に駆り出され、直接間接に多くの人を殺し、その死を見るにつけ、兵部は心の均衡を欠くようになっていった。

人殺しに加担しているという罪の意識が、兵部の心に重くのしかかり、鬱々とする日々が続いた。

それを和らげてくれたものの一つが、茶の湯だった。しかし茶の湯は、茶会の時だけ現世から逃れられるものの、数寄屋を出れば現実が待っている。

茶会が終わって数寄屋を後にする時の、次第に現実の生活に戻っていく感覚が、兵部は何よりも嫌だった。

――何かもっと大きなものを寄る辺としたい。

茶の湯では満たせない救いを、兵部は求めていた。

武士の中には、兵部と同じような思いを抱いて出家得度する者も少なくはない。しかし兵部には、今の地位や生活を捨てるつもりは毛頭なく、何かにすがって現実の罪悪感と妥協ができれば、それでよかった。

そう思っているところに、耶蘇教が広まってきた。

かねてから右近に入信を勧められていた兵部だが、周囲を慮り、どうしても踏み切れなかった。しかしこの年、黒田孝高（如水）や小西行長らが立て続けに入信したと聞き、本気で考えるようになっていた。

「兵部様は迷っておいでですね」

卓を隔てて向き合うや、オルガンティーノが流暢な日本語で言った。

「仰せの通りです」

「人は、誰でも迷います」

オルガンティーノは、さも当然のごとく言う。

「しかしオルガンティーノ殿も右近殿も、何も迷っておらぬようにお見受けするが」

「それは神の子だからです」

「神の子となれば、迷いは消えるのですか」

「消えません」

右近が断言する。

「兵部殿、神の子となっても、それまでに行った現世での罪悪が消えるわけではありません。ただ罪にしろ迷いにしろ、神に担っていただけるのです」

「神に担っていただけると」

「そうです」

オルガンティーノが話を引き取る。

「一人の信徒の苦しみは、神だけでなく、すべての信徒が担うのです」

「よく分かりませんが」

「よろしいか」

右近が真摯(しんし)な眼差しを向ける。

「われら一人一人の肉体は個別で、その考えることもすべて異なります。しかし神の子となれば、すべての罪は、神と共に信徒すべてが担うのです。つまり肉体は個別でも、心は一つなのです」

「ということは、武士として人を殺し続けても、己一個の罪とならぬのですか」

右近とオルガンティーノが顔を見合わせた。

おそらくそこが、武士がキリシタンになる前の最後の質問なのだろう。まさしく兵部の迷いも、そこから生じているからだ。

「その通りです」

オルガンティーノが確信を持って言った。

「ただし――」

オルガンティーノに目配せされた右近が、話の穂を継いだ。

日本語での会話が高度な域に達した時、オルガンティーノは右近に代弁させる。

「殺人の罪が許されるには、俗世のあらゆる欲を捨てねばなりませぬ」

「欲を捨てろ、と仰せか」

「そうです。すべてを神のために捧げるのです」

「つまり武功を挙げて下賜された領地から上がる得分（利益）を、神に捧げよというのですな」

「いかにも。それは神だけのものではなく、信徒すべてのものとなります」

——これがキリシタンの理屈というものか。

何となく分かったような分からない理屈こそ宗教の強みであることを、兵部は一向宗徒の熱に浮かされたような信心ぶりから知っていた。

それは、すべてを論理で解き明かそうとし、迷路に入り込んでしまった奈良仏教とは一線を画していた。

「そして兵部様の地位を、信者を増やすために使うのです」

オルガンティーノの言葉を右近が補足する。

「それにより、図らずも殺してしまった敵の魂も救われます」

その理屈には釈然としないながらも、兵部には、オルガンティーノらの布教方針が見えてきた。

——武によって敵を平らげ、敵の得てきたものを己が手にするという武士の世の理屈を否定せずに、つまり豊臣政権の正当性を崩さずに布教活動を行うには、人を殺すことを頭から禁じず、それによって得たものを民に施すことで救われるという理屈が必要なのだ。

丸一日かけて二人と問答を続けた末、兵部は入信を決意する。

その日の夕方、洗礼を受けた兵部は、これまでの人生で感じたことがないほど晴れ晴れとした気持ちになった。

五

天正十五年（一五八七）六月十九日、九州征伐で筑前国の箱崎まで下向していた秀吉は、九州でキリシタンたちが一大勢力となりつつあることに危惧を抱き、伴天連追放令を発する。

これは二十日以内の伴天連の国外退去、布教禁止などを命じたものだが、実際は警告の面があり、これに反して日本にいても、苛烈な罰が下されることはなかった。

秀吉は、キリシタンとなった大名や武将に対しても、棄教を無理強いすることまではしなかった。それゆえキリシタン大名たちの対応は、まちまちとなった。

黒田孝高は政治的な立場から棄教したが、小西行長や有馬晴信らは棄教せずとも、その地位は保たれた。

しかし秀吉は、キリシタン大名の草分けであり、多くの大名をキリシタンとしてきた右近だけには棄教を迫ることにした。

その棄教を勧める最初の使者に選ばれたのは、兵部だった。


兵部が右近の許を訪れると、右近は兵部を茶に誘った。

「こうして兵部殿と一客一亭の茶事を行うのは、久方ぶりですな」

「はい。四、五年ぶりかと」

「陣中ゆえ、かような場所しかなく、ご無礼仕る」

右近が用意した寺の座敷は、室町時代を彷彿(ほうふつ)とさせる付書院形式で、風炉釜は別室にあり、柱がぐらついている古びた台子の上には、唐物の青磁や天目が並べられている。

「こうした場所でも茶を楽しめるのも、デウス様の思し召しかと」

兵部がつい口にしてしまった「デウス様」という言葉にも、右近はさしたる反応を示さず、仕覆(しふく)に包まれた己の茶道具を取り出している。

「茶事の一つもできるかと思い、これを持ってきました」

右近が取り出したのは、名物の侘助肩衝(わびすけかたつき)である。

「何と貴重なものを——」

「これが最後となるやもしれませぬからな」

すでに右近は、棄教を迫られると分かっていた。それでも兵部はその役目柄、秀吉の意向を伝えねばならない。

右近の点前を横目で見つつ、いかに切り出そうか兵部は迷っていた。

すると右近の方から水を向けてきた。

「兵部殿がそれがしの許に参られたのは、殿下のご意向ではありませぬか」

「仰せの通りです」

「棄教を勧めに参ったのですね」

右近は笑みさえ浮かべている。

「いかにも。しかしながら——」

澄みきった右近の目に射すくめられ、兵部は言葉に詰まった。

「何なりと仰せになって下さい」

「分かりました。殿下は棄教は表向きのこととし、心の内ではキリシタンであっても構わぬというご意向です。ただし条目として――」

兵部は一拍置いた後、思い切るように言った。

「領内での寺社の打ち壊しと、向後の布教活動を停止いただきます」

「やはり」

「お聞き届けいただけますね」

「いや」

右近の顔が一瞬にして険しくなる。

「それがしは、表向きも心の内も棄教いたしません」

そのきっぱりとした口調に、右近の強い意志が感じられる。

それでも兵部は、妥協点を見出そうとした。

「ご存じの通り、殿下は移り気なお方。此度の禁教令は九州のキリシタンの隆盛を見て驚かれただけのこと。大坂に戻れば忘れるはずです」

「それは甘い。たとえ殿下はそうだとしても、その取り巻きどもは、われらに敵意を抱いております」

取り巻きとは、石田三成をはじめとした奉行衆のことだ。

「それがしはキリシタン大名の頭目と見られており、あいまいな態度を取ったところで、棄教を迫られることに変わりはありませぬ」

「ですから一時（いっとき）、従順な態度を示し、本心は棄教せずに日を過ごし——」

「兵部殿もくどいですな」

右近の強い口調に、温厚な兵部も鼻白んだ。

「それでは、お聞き届けいただけぬということを、殿下に報告してもよろしいな」

「もちろんです」

座敷内に沈黙が訪れた。

——何とかせねば。

そうは思いつつも、右近の性格をよく知る兵部は、もう何をどう説いても右近が心変わりしないことを知っていた。

「ときに、兵部殿は棄教なされたのですか」

右近は、兵部が最も問われたくないことを問うてきた。

「それは――」

口ごもる兵部に、右近が畳み掛ける。

「愚問でござった。棄教していなければ、ここに使者として参られるわけがない」

当初、禁教令が緩やかなものと聞いていた兵部は、棄教せずとも布教活動を自粛すればいいぐらいに考えていた。しかし秀吉に呼ばれ、右近への使者とされた時、

「そなたが棄教していなければ、右近は棄教すまい」と言われ、意にそぐわないながらも、その場で棄教させられた。

「兵部殿は、そういうお方だ」

右近の言葉の刃が、兵部の胸を刺し貫く。

――いかにもわしは、寄る辺を求めてキリシタンとなっただけだ。元々、信仰に対して堅固な意志など持っておらぬ。それを今更、指摘されても困る。

それが兵部の偽らざる本音である。

「殿下には、拝領した明石六万石を返上するとお伝え下さい」

「えっ」

つい先年、右近は高槻四万石から明石六万石へと転封されていた。

「よろしいのか」

武士にとって六万石がいかに大きいか。それを知る兵部には、あっさりと所領を返上するという右近の言葉が信じられない。

「構いませぬ」

右近は恬淡(てんたん)として言った。

――見事な心構えだ。

兵部は、一点の曇りもなくデウスを信じる右近を羨望(せんぼう)した。

――現世での地位や生活を捨ててまで、わしには、キリシタンとしての道を行くことなどできぬ。

それは兵部だけでなく、多くのキリシタン大名の本音だろう。

――わしという男は、周囲に流されるように生きてきた。何一つ、己の意志を貫いたことはない。それがわしなのだ。

兵部は、右近の前にいることが恥ずかしくなった。

「殿下には、右近殿のご意向を正確にお伝えいたします」

一礼し、その場から去ろうとする兵部の背に、右近の声が追いかけてきた。

「兵部殿は、これからもずっと、人の歩いた軌跡をなぞるような生き方をなされるのですね」

「何を仰せか」

兵部は、茶の湯のことを指摘されたのかと思った。

「兵部殿は表向きだけ棄教し、内心でデウス様を信じておればよいとお考えですな。しかしそれは、真(まこと)の信心ではありませぬ」

右近の瞳に厳しい色が差す。

「棄教するなら、本心から棄教なされよ」

「貴殿に言われずとも、そのつもりでおります」

そう言い残すと、兵部は逃げるようにその場を後にした。


兵部の報告を聞いた秀吉は、致し方なく右近を改易に処した。

これにより右近は浪人となり、いったんは前田利家に預けられたが、慶長十八年(一六一三)の家康によるキリシタン国外追放令により、フィリピンのマニラに追われ、その地で客死することになる。

九州を平定した秀吉は、続いて関東と東北をも制し、天下人として諸大名の頭上に君臨する。唯一無二の独裁者となった秀吉は、諸大名とのやり取りなど対外的なことを弟の秀長に、豊臣家中の家政を利休に任せるようになる。

ちなみに宗易は、天正十三年（一五八五）に正親町帝から利休という居士号を下賜され、以後、利休と名乗っていた。

兵部はこれまで同様、秀吉に近侍し、天正十八年（一五九〇）に織田信雄が改易された際、その旧領の一部である多気・度会二郡を拝領し、二万六百五十石の領主となった。

秀吉の栄華に陰りが見え始めるのは、天正十九年（一五九一）正月の弟秀長の死からである。秀長の死によって、秀吉の暴走に歯止めが利かなくなったのだ。

秀長の葬儀や供養が一段落した二月十三日、突然、秀吉は利休に蟄居謹慎を命じた。

秀吉と利休の間に隙間風が吹いていることは、かねがね聞いていたが、この頃、兵部は伊勢大神宮の手筋となっていたため多忙を極め、なかなか京に戻ることができないでいた。

それゆえ兵部は、「大したことではない」と己に言い聞かせた。

というのも年を取るほどに、秀吉はその時の気分で物事を判断するようになり、些細なことで上機嫌になったり、不機嫌になったりすることが多くなっていたからだ。

ところが同月二十八日、利休が自害したという一報が伝わってきた。その理由については様々に取りざたされていたが、本当のことは、兵部にも分からなかった。

――尊師が、もはやこの世におらぬのか。

兵部にとって、利休切腹の理由などどうでもよかった。ただ利休が、この世にいないという事実だけが重くのしかかってきた。

六

秀吉の野望は、とどまるところを知らず、遂に大陸への進出を目指すようになる。

天正十九年十月、秀吉は大陸進出の足場となる肥前名護屋城の普請に取り掛かり、翌天正二十年三月には、十六万に及ぶ渡海軍を進発させた。

石田三成の下で舟奉行とされた兵部は、釜山（プサン）を根拠地として日本軍の兵站を担うことになる。

いよいよ明日、釜山に向けて出陣することになった夜、兵部は奇妙な夢を見た。

かつて造った草庵数寄屋で、あの時と同じように、兵部は利休を相手に一客一亭の茶会を催すことになった。

座敷を彩る室礼は八年前と同じだ。

さも関心なさそうに室内を見回した利休は、ゆっくりと座に着いた。

その顔つきからは、多くを期待していないという心中が、ありありとうかがえる。

兵部は焦った。

――このままでは、前回と何ら変わらぬではないか。

しかし今更、どうすることもできない。

――とにかくこの場は、つつがなく済ませるしかない。

兵部は大きく息を吸うと、震える手で洞庫から茶碗を取り出した。

――あっ。

その茶碗を手にした時、兵部は、己の目に汗が入ったのだと思った。

慌てて懐から手巾(しゅきん)を取り出し、額の汗をぬぐうふりをして目をふいたが、右手に持つ茶碗の口縁部や胴部は、波打つようにひしゃげている。

――いったい、どうしたというのだ。

利休に気づかれぬよう、その曲線を指でなぞってみたが、間違いなく歪(ゆが)んでいる。

その茶碗は何かに悶え苦しみ、救いを求めているかのようにも見える。

――まさか、わしの心のありようが茶碗に映されたのか。

ほかに用意した茶碗はない。

――こんなものを出せば、尊師は何も言わず、座を立つに違いない。

利休は半ば瞑目し、兵部の点前が終わるのを待っている。

湯の沸騰する音がわずかに聞こえる中、沈黙だけが流れていく。

その時だった。

銅鐘のように底冷えした利休の声が聞こえた。

「これは、なかなかの出来ですな」

「えっ」

兵部は、わが耳を疑った。

その醜い茶碗に利休が興味を示すとは、思ってもみなかった。

「いかなる心の動きから、かような『歪み茶碗』を用いようと思われたか」

兵部は、その問いにどう答えてよいか分からない。

様々な思いが脳裏を駆けめぐる。

――わしは棄教者だ。もはや端正な美しさを追い求める資格はない。

右近やオルガンティーノから見せられたハライソの絵は、喩えようもなく典雅で、調和の取れた美に満たされていた。いつの日かこのような地に行けるかと思うと、兵部の心は浮き立った。しかし棄教者に、ハライソの門は開かない。

――それならいっそ、地獄の業火に焼かれてみるのも一興というものだ。

棄教者となってから、兵部は開き直りにも近い新たな境地に達していた。

「尊師、この茶碗は、わが心のありようを映したものです」

「ほう、心のありようと――」

さも感心したかのようにうなずくと、利休はしみじみと言った。

「何事も精進すれば、道は開けてくるものです」

「と、仰せになられますと」

「兵部殿は、己の侘びを見つけられた」

「そ、それは本当ですか」

驚く兵部の前で、利休は満足げな笑みを浮かべていた。

「侘びは奇道なり。兵部殿は、それをお分かりになられたのです」

「ありがたきお言葉――」

兵部は泣いた。

あらゆる思いが津波のように押し寄せてきた。


その夢を見た翌日、名護屋を船出し、釜山に着いた兵部は、舟奉行として兵站の維持に当たった。しかしそうした努力も空しく、文禄二年に入ると、日本軍は各地で苦戦を強いられるようになっていく。

戦況が厳しくなるに従い、兵部も前線に派遣されるようになり、輸送や築城部隊の警固に当たった。

ところが、何が幸いするか分からない。

移動が増えることで、各地で奇妙な形をした高麗の碗を見つけることが多くなった。

それらは、兵部が夢で見た茶碗と同様に醜く歪んでいたが、それをこねた者たちの心のありようを表しているかのように思えた。

――これぞ真の侘びだ。

偶然がもたらしたものの中にこそ真の侘びがあると、兵部は気づいた。

兵部は、血眼になって珍奇な高麗茶碗を探すようになった。

七

その山間の小さな集落には、宝の山が眠っていた。

村の中心にある広場に村人たちを整列させた兵部は、すべての家をくまなく探させ、あらゆる陶器を持ち寄らせた。

「これはよい。これは要らぬ」

一つひとつを丁寧に水で洗わせた上、慎重に吟味してからより分ける。

それでも十は下らない「歪み茶碗」が収集できた。

──これらはすべてわしのものだ。これらを尊師に見せたら、きっと驚くはずだ。

すでに兵部は、利休が生きているのか死んでいるのか分からなくなっていた。

「たったこれだけか。もっとよく探せ」

要らないものは投げ捨てるので、割れ茶碗が山のように積み上がる。

兵たちが村中を駆け回って茶碗を探している間、兵部は陶器の選別を続けた。

村中に散った兵たちが戻ってきた。皆、手には何も持っていない。

「もうないと申すか。必ずどこかにあるはずだ」

「里長(さとおさ)は、ないと申しております」

通詞が震え声で答える。

「そんなはずあるまい。どこかに隠しているに違いない」

「いいえ。このような村では陶器を共用で使うことが多く、それほどの数はないはずです」

「そなたに聞いておらぬ！」

通詞を押しのけた兵部は、里長らしき老人の襟を摑んだ。

「どこにある！」

老人は、恐怖で引きつった顔を懸命に左右に振っている。

「どこだ。どこに隠しておる！」

思い余った里長の妻が家に取って返すと、小さな袋を持ってきた。

「これは何だ」

袋を逆さにすると、黄金の粒がこぼれ落ちた。

「近くの沢で取れる砂金のようです」

通詞が恐る恐る答える。

「砂金だと。そんなものは要らぬ！」

砂金の袋を投げ捨てた兵部は、太刀を抜いた。

慈悲を請うような声が周囲に満ちる。

「よいか。わしの探しておるのは茶碗などの陶器だ。きっと素晴らしいものを、そなたらは隠しておるはずだ。それを出さねば、皆こうなる！」

膝をついた里長の首に刃を当てると、里長は手を前に合わせ、奇妙な言葉を唱えた。

「まのら、まのら、まのら」

「何と言っておる」

「助けて下さい、と申しております」

通詞は蒼白となっていた。

「宝を隠しておきながら助けて下さいだと。いい加減にしろ！」

兵部が太刀を一閃すると、里長の首が吹き飛んだ。

一斉に悲鳴が上がると、村人たちは身を寄せ合い、「まのら、まのら」と唱え始めた。

「よいか」

血飛沫（しぶき）の付いた顔をぬぐおうともせず、兵部は口縁部が大きく波打つ茶碗を掲げた。

「かように姿形の美しい陶器があれば、すぐに出すのだ」

通詞がそれを訳したが、村人には何のことだか分からない。

「物の分からぬ蛮人どもめ」

兵部が里長の妻の襟首を摑み、引き据えた時だった。

「ぐわっ！」

近くにいた兵の首を矢が貫いた。

皆が唖然とする中、矢の雨が降ってきた。

「しまった。敵襲だ。物陰に隠れろ！」

兵たちは、慌てて手近の家の中に逃げ込んだ。

朝鮮半島の山村では、広場を中心にして円形に家々が並んでいる。そのため兵部は、配下の者と離れ離れになってしまった。

里長の家の塀の陰に隠れた兵部は、外の様子をうかがった。

――あの両班が通報したのだな。

兵部が山間の集落に向かったことを、下の町の両班が義兵軍に通報したに違いない。

兵部は行ってはいけない方に、なぜか吸い寄せられるように来てしまったことに気づいた。そういう時は、間違いなく死が待っている。

――そんなことはない。わしは日本に帰り、尊師も驚くほどの侘びの境地に達するのだ。

兵部は、抑えようもなくわき出す不安を振り払おうとした。

「筒列を布け！」

兵部が里長の家から叫んだが、鉄砲足軽から答えは返ってこない。それぞれ別々の家に逃げ込んだため、命令が聞こえないのだ。

その間も、矢は狙いを定めて降ってくる。逃げ遅れて何かの物陰に隠れていた者が、より安全な場所を求めて移動するところを、敵は狙ってきた。

その度に絶叫が聞こえる。

――あっ、しまった。

里長の家の前に、持ち帰ろうとしていた陶器を置いてきたことを、兵部は思い出した。

「あれを取りに行け」

「えっ」

「あの袋だ」

兵部に背を押された兵の一人は、遮蔽物を巧みに縫って門前まで進んだが、陶器を入れていた穀物袋に手を掛けたところで、背に矢が突き立った。

声もなく倒れた兵は、しばしの間、四肢をもがかせていたが、やがてそれもやみ、動かなくなった。

敵は、どこかの家の屋根や物陰に隠れ、角弓(つのゆみ)を射てくる。角弓の飛距離は三町(三百メートル強)に及び、一町程度しか飛ばない和弓(わきゅう)とは、比較にならないほど威力がある。それに対抗できるのは鉄砲だけだが、兵部の連れてきた鉄砲足軽たちは、どこかの家の奥に隠れて出てこない。

すでに日本兵の屍(しかばね)は五を数えている。

「誰か行け」

そう命じながら振り向いたが、里長の家に逃げ込んだ者で残っているのは通詞だけだった。

「そなたが行け」

「お許しを」

兵部は通詞を押し出そうとしたが、通詞は踏ん張って動かない。

――致し方ない。

門前に飛び出した兵部は、穀物袋を摑むと反転した。

――よし、うまくいった。

兵部が里長の家に飛び込もうとした時、矢が腿の後ろに突き刺さった。

――しまった。

足を引きずりつつ、兵部は何とか家の中に逃げ込んだ。

「おい、早く手当てせい」

戸を閉めた兵部が、通詞を呼ぼうと振り返った時である。何かが足元に転がった。

「あっ」

通詞の首だった。視線を上に移すと、鎌を提げた里長の妻が立っている。

「此奴！」

兵部が抜刀した次の瞬間、妻の振り下ろした鎌が兵部の胸に刺さった。

「うぐっ――」

思わず穀物袋を落としてしまい、そこからこぼれたいくつかの陶器が割れた。

「ああ、何ということだ」

鎌が刺さったまま、兵部は膝をついて陶器を拾い集めた。

陶器の上に、おびただしい血が滴り落ちる。

「すべてわしのものだ」

ようやく陶器を袋に収めた兵部が顔を上げると、里長の妻が頭上に棍棒を振り上げていた。

「これはわしのものだ。誰にも渡さぬぞ」

兵部が袋を抱えた瞬間、頭に棍棒が振り下ろされた。

衝撃が走り、頭の中で火花が散った。続いて激しい痛みに襲われると、意識が遠のいていく。

何も見えず、何も聞こえず、兵部は暗黒の中に落ちていった。

最後の瞬間、暗闇の中に利休の顔が浮かんだ。

それに手を差し伸べつつ、兵部は息絶えた。


兵部の死は、渡海していた日本軍の隅々にまで、すぐに知れわたった。しかし、山間の村に行った者が一人も戻らなかったので、定かなことは誰にも分からなかった。

それをいいことに弟の道通は、秀吉に病死と届け出て牧村家の改易を免れた。

兵部の息子の牛之助は幼少だったため、家督は道通が継ぐことになり、稲葉姓を名乗ることを許された。ただし秀吉は、兵部の息子が十五になったら家督を譲るよう、道通に申し付けた。

その後、秀吉は没し、関ヶ原合戦が勃発する。東軍に属して活躍した道通は、その功により、徳川家康から四万五千七百石に加増されて伊勢田丸に移った。

ところが道通は、牛之助が十五になっても家督を譲らず、それに不平を鳴らした牛之助を謀殺し、牧村家改め田丸稲葉家の家督を乗っ取ることに成功した。

兵部の血筋は最後まで傍流に流された末、途絶えることになる。

過ぎたる人

一

掃部の削った茶杓を見つめつつ、利休が言った。

「茶杓には削る者の心が映されます。貴殿も、いよいよ一つの境地に達せられたようですな」

「もったいない」

利休に褒められ、瀬田掃部はいたく恐縮した。

天正十九年（一五九一）の松飾りも外れ、京の寒さも山場を過ぎる頃、掃部は自邸の草庵数寄屋に利休を招いた。

朝会を済ませた後、最近、削ったいくつかの茶杓を利休に見せた。

利休が手にしているのは、その中でも掃部の自信作である。

大きな櫂先と細い追取が対照的なその茶杓は、上から見ると不格好だが、斜めから見ると節裏(ふしうら)が絶妙の角度で反り返っており、得も言われぬ味わいがある。

「その昔、茶杓の真の格は象牙で、草の格は竹と言われていたのをご存じですか」

「もちろんです」

「象牙は高価で、よほどの貴人か分限者(ぶげん)でないと手に入れられませんから、わが師の武野紹鷗老は竹を使い、真の格と草の格の垣根を取り払いました」

大陸国家では、喫茶は貴人だけが楽しむものなので、象牙でも何ら不都合はなかった。だが日本では中小商人や僧侶も茶の湯を嗜(たしな)むようになったため、紹鷗は率先して茶杓に竹を使い、茶の湯の普及に努めた。

「象牙は味気ないものです。竹にこそ味わいがあります」

「竹製の茶杓こそ、茶の湯の真髄ですね」

二人が笑みを交わした。

朝日がわずかに差す座敷に、なごやかな空気が漂う。

「それにしても、よくぞこの蟻腰(ありこし)の角度を見つけられた」

掃部の茶杓を手にした利休が、さも感慨深げに言う。

蟻腰とは、その屈曲が蟻の足のように見えることから付けられた茶の湯独特の造語である。

竹には節があり、そこで屈曲する。その角度によって茶杓の均整は変わってくる。つまり煎じ詰めれば、蟻腰の角度こそ茶杓の命なのだ。

「それがしは、長らく関白殿下の探索方を務めておりましたので、その暇に、こうしたものを彫っておりました。その積み重ねのおかげでしょう」

若い頃、掃部は秀吉が攻め入る予定の敵地に潜入し、地形や民状を調査する役割を担っていた。

その仕事には敵の重臣の跡を付けたり、見張ったりするものもあり、張番の時など手慰みに小刀で彫り物をしていた。元来が器用な掃部である。鋭利な小刀さえあれば、どのようなものでも造形できた。

「この櫂先の荒々しさは、貴殿ならではのものですな」

利休が感心したように言う。

その櫂先の削り跡は、粗い鑿で彫られた野仏のようである。

「荒ぶる心を封じ込めておられるような」

「ははは、曲がりなりにも、それがしは武人ゆえ――」

「そうでしたな」

掃部は苦笑いで応じるしかない。

「何事にも過ぎたる人、か」

利休が独り言のように言う。

「過ぎたる人、と――」

「忠三殿と与一殿が、貴殿のことをそう評しておりました」

忠三とは蒲生忠三郎氏郷、与一とは細川与一郎忠興のことで、二人とも掃部と同じ利休の高弟である。

「いかなる謂いで」

「人というのは何かを創り出そうとする時、気づかぬうちに釣り合いを考えます。大胆でありながら静謐、おおらかに見えて緻密、こうした双方に引き合う力が調和し、端正な作品が生まれます。つまり――」

利休の口端に笑みが浮かぶ。

「何事にも折り合いをつけて生きるのが、人というものでありましょう」

「それがしは、そうではないと仰せか」

「はい。万人の中には、まれに調和といった心根をお持ちでない方がおられます。それは天賦の才で、生かし方次第では独自のものを生み出します」

「独自のもの、と――」

「それこそが茶人の働きでござろう」

働きとは価値という意である。

「茶の湯とは、そうした人の備える本源的なものを、作意によって他人の目に供するに足るものとする一つの道なのです」

「なるほど」

「中でも茶杓は、茶人が手ずから削るもの。茶人の心映えを知るには、茶杓を見ればよいわけです」

茶杓のほかにも、茶人は竹花入を自作することがある。しかし茶杓と違い、花入は既製品でも構わないので、必須とは言えない。

「恐れ入りました」

「さて、それでは、そろそろお暇いたします」

その大柄な体を折り曲げ、利休は草庵数寄屋の躙口から出ていった。七十という高齢となった今でも、その流れるような所作は変わらない。だが、体を折った時に漏れた「うっ」という吐息のようなうめきが、利休の年齢を思い出させた。

——時は流れる。それを受け入れて、人は生きねばならぬ。

天文十七年（一五四八）生まれの掃部も、四十四歳になっていた。

掃部が茶立口から外に出ると、洛北の山々から吹いてくる風が、庭の枯枝をざわつかせていた。あたかもそれは、老翁たちが何やら談義しているように聞こえる。

——利休居士だけでなく、わしも若くはないのだ。

初春の内露地を眺める利休の横顔には、唐の高僧もかくあらんと思わせるほどの威厳と、年老いていく者の悲哀がにじみ出ていた。

「掃部殿、草木はいい。冬が終われば春が来て、若葉が芽吹きます。しかし人は、冬が終われば朽ち果てるだけ」

「いかにも。それが人の運命（さだめ）というものでしょう」

その内露地には、生の欠片も感じられない。だが春が近づけば、知らぬ間に草花が顔を出し、やがて溢れるような命の奔流がやってくる。

「だからこそ人は、今を懸命に生きねばなりませぬ」

「仰せの通り。それがしも、天命を奉じて悔いなく死を迎えたいものです」

「そういう謂いでは、それがしの役割は、すでに終わりました」

「何を仰せか」

自嘲気味に笑った後、利休が話題を転じる。

「ときに掃部殿、朝会で使った大ぶりの茶碗ですが、あれは古高麗ですな」

「はい。そうですが」

この日の朝会で、掃部は皿のような古高麗平茶碗を使った。

「銘は何と」

「とくにありません」

「それでは『水海』と名付けるとよいでしょう」

「みずうみ、と」

「はい。鳰海（におのうみ）（琵琶湖）のように平らかで広い茶碗ですから」

「そうさせていただきます」

利休は、一つずつ確かめるようにして飛石を渡っていく。

「先ほどの荒ぶる茶杓――」

「あっ、はい」

「あの茶杓と『水海』は合いますな」

言われてみれば、その通りだと掃部も思った。

「あの櫂先なら鳰海も渡っていけるでしょう」

「いかにも」

二人は声を上げて笑った。

「あの茶杓には、鳰海の案内人という謂いで、掃部殿の姓と同じく『瀬田』と名付けるのがよろしかろう」

「そうさせていただきます」

瀬田とは琵琶湖の南端にある町で、掃部の出身地でもある。東海道や東山道を通って京に行く場合、琵琶湖から流れ出る瀬田川に懸かる「瀬田の唐橋」を渡るため、東国の人にとって瀬田は京の出入口という印象を持たれていた。また琵琶湖へ船出する際も瀬田から漕ぎ出すことが多く、この時代、瀬田には、出発地や案内人という意味があった。

「掃部殿は『瀬田』のような存在になられよ」

「『瀬田』のようとは――」

掃部には、利休の真意が分からない。

「この国を正しき方向に導かれよ」

そう言うと、利休は歩みを速めた。

蘇鉄の繁った内露地から簀戸でできた撥木戸（はねきど）に至ったところで、利休が振り向いた。

「見送りは、ここまでで結構です」

「いえ、表門までご一緒いたします」

「今日は裏門からご無礼仕ります。それがしと一緒のところを他人に見られぬ方がよろしいゆえ」

「しかし、表から入って裏から出るのは、忌（いみ）ではありませんか」

掃部には、あえてそうする理由が見出せない。

「この場は、愚老の思うままにさせて下さい」

そうまで言われては、掃部に返す言葉はない。

「分かりました。お好きになさって下さい」

利休は何かに一瞬、迷ったような顔をすると、思いきるように言った。

「冬は春より賢いのでしょうか」

「えっ」

意表を突く利休の問いに、掃部は返す言葉が見つからない。

「人は誰でも年を取ります。年を取れば取るだけ賢くなるのなら、年を取ることもありがたきことですが――」

掃部には、利休の言わんとしていることが分からない。

「人は悲しき生き物です。己が冬にあることを忘れ、いまだ盛夏のように振る舞う人もおります」

――つまり壮齢の頃の輝きを失い、頑迷固陋な老人になっていることに気づかず、若い時のように振る舞うということか。

利休の言わんとしていることが、ようやく分かってきた。

「それは、どなたのことですか」

掃部の心をざわつかせるかのように、風が枯れ枝を揺らす。

一瞬、口端に笑みを浮かべると、利休は言った。

「愚老のことでござるよ」

――それは違う。

老境に入ってからの利休は、天地のすべてを知悉（ちしつ）しているがごとき鋭さを発揮している。

「冬が来ているにもかかわらず、春や夏を取り戻そうとすることほど愚かなことはありません。そんな無理を押し通そうとすれば、多くの者が迷惑します」

風はいっそう強くなり、庭木（にわき）にわずかに残っていた紅葉を地に落としている。

「本人がそれに気づいておらぬなら、誰かが、それを気づかせねばなりません」

掃部が「それは、どういう謂いですか」と問おうとする前に、利休が腰をかがめた。

「それでは、これにて」

「また、いらしていただけますね」

「おそらく――」

利休が遠い目をした。

「それは叶わぬことになりましょう」

それだけ言うと、利休は広い背を見せて去っていった。

二

瀬田掃部頭正忠は天文十七年、近江国の瀬田で生まれた。それゆえ瀬田姓を名乗ったが、取り立てて名門の生まれではない。

秀吉が長浜城主となった頃に一騎駆けの武者として出仕し、若い頃は左馬丞と称して槍働きに精を出した。その活躍により、天正十三年には知行として米一万二千俵をもらっていた。

その後、敵方に潜入して情報を仕入れてくることを得意とするようになり、とくに北条氏には、家臣として仕えるほど深く潜入した。

その時の功により、摂津の三田城を拝領した掃部は、遂に一国一城の主にまで上り詰める。

秀吉に早くから出仕した幸運もあり、順風満帆な人生を送っていた掃部だが、掃部には武家茶人としての一面もあった。

『茶事集覧』によると、「瀬田掃部は甚奇異の人なり。飛切たるはたらきも度たびありて、人の目を驚かされたり。されども余り過て、委くおもひ入たること少しといふ」つまり、「瀬田掃部は変わった人で、とてつもないことをやって人を驚かせたりすることもあるが、様々なことに関心があるため、一つの道に通じることができなかった」という。

掃部が、移り気な芸術家気質の人物だったことは間違いない。

一月の茶会から、おおよそ二月後の二月十三日、利休は秀吉から蟄居謹慎を命じられる。

その頃、掃部は聚楽第の惣構の普請奉行に任じられていたが、詳しいことは分からず、事態の推移を見守るしかなかった。そのうち「勘気が解けた」という噂も流れてきた。

この頃の秀吉は感情の起伏が激しく、思い付きで何かを命じ、その後、忘れてしまうことも多かった。この時も「しばしの間、ほとぼりを冷ませば、関係は修復される」という見方が大半を占めていた。

利休は、聚楽第近くの屋敷から堺の自邸へと去っていった。

ところが二十五日、聚楽第の大手門に通じる一条戻橋のたもとに、利休の等身大の木像が磔にされた。この像は大徳寺の山門に飾られていたもので、山門の大檀越となった利休に感謝の意を示すため、大徳寺が造ったものだ。

翌日、再び京に呼び出された利休が、死を申し渡されたと伝え聞いた。

――何とかせねば。

利休の身に危険が迫っていると感じた掃部は、聚楽第惣構普請の途中報告という理由で、秀吉に拝謁を申し入れた。

二十七日の夜、対面の間で半刻ばかり待たされた後、秀吉が現れた。

秀吉は五七の桐の紋を染め抜いた大紋を着て、長袴を引きずっている。しかし、それらはぶかぶかで様になっていない。

秀吉の肉体が枯れ枝のように痩せてきているのは、一目瞭然だった。その干からびた顔の上に載せられた立烏帽子も、やけに大きく見える。

掃部が一通りの報告を終えると、秀吉は「難事でも起こったかと思い、直に話を聞くことにしたが、かような報告なら奉行にしておけ」と言うや、座を払おうとした。

「お待ちあれ」

「何だ」

秀吉の勘は鋭い。利休の高弟の一人がやってきたのだから、その理由は、すでに察しているに違いない。

「利休居士のことですが——」

「やはり、そのことか」

「何卒、お許しいただけますようお願い——」

そこまで言いかけたところで、秀吉が上座からつかつかと歩み寄ってきた。

「このたわけが！」

次の瞬間、秀吉の足蹴が掃部の肩に飛んだ。思わず掃部は横倒しになる。

「余計なことに気を回さず、己の仕事を全うせい！」

「仰せご尤もながら、あれだけの御仁はおりませぬ。何卒、利休居士をご宥免下さい」

「利休を許すとな」

「はい」

「そなたは、利休のことが何も分かっておらぬ」

――どういうことだ。

掃部の頭は混乱した。

「此度のことは大目に見てやる。それゆえ二度とそのことを口を出すな」

そう言うと秀吉は奥に下がっていった。

秀吉と利休の間に、何があったのかは分からない。しかし、己などの介在できない何かが、そこに横たわっていることだけは確かである。

――よもや尊師は、死を覚悟しておられるのではないか。

それに気づいた掃部は、利休の屋敷に足を向けたが、そこは厳重に警備されており、「関白殿下のご意向」を盾に門前払いされた。

翌二十八日、利休は自害して果てた。

その知らせを聞いた時、なぜか掃部の脳裏に、最後に会ったあの日のことが思い出された。

――尊師は納得の死を迎えたのか。

利休は、「冬が来ているにもかかわらず、春や夏を取り戻そうとすることほど愚かなことはありません。そんな無理を押し通そうとすれば、多くの者が迷惑します」と言っていた。

その時の掃部には、その意味が分からなかったが、時を措かずして、その真意を理解できるようになる。

利休の死をさかのぼること二月余の天正十九年一月二十二日、秀吉は弟の秀長を病で失った。自己肥大化の一途をたどる秀吉に唯一、諫言できたのが秀長である。前田利家、黒田孝高（如水）、細川藤孝（幽斎）といった、かつての同僚たちの言うことには耳を傾けてきた秀吉だが、小田原合戦以降、秀長以外の者の言葉を聞こうとしなくなった。しかも利休が死を賜ったことにより、彼らも秀吉から距離を置くようになった。

同年八月の愛息鶴松の死が、それに拍車をかけた。もはや秀吉を止められる者は、誰もいなかった。

九月、秀吉は諸将に向けて大陸への進出を表明すると、その足場となる肥前名護屋城の普請に取り掛かった。

鶴松を失った秀吉は、実子を後継に据えることをあきらめ、姉の子の秀次を養子に迎えた。

十二月には秀次に関白職を譲り、天下の後継者とした。

これにより、秀次の家臣団の威容を整えさせる必要が生じ、多くの秀吉直臣が秀次の家臣とされた。掃部もその一人である。

翌天正二十年（一五九二）三月、秀吉は麾下十六万の精兵を第一軍から第九軍に編成し、順次、朝鮮への渡海を命じた。

秀吉は三月二十六日に京を発ち、四月二十五日に名護屋入りする。

その最中の四月十二日、小西行長や宗義智らに率いられた第一軍は、七百艘の兵船に乗り込み、対馬から釜山へと向かった。第一軍は翌十三日、釜山城を攻略する。

そして五月三日、第一軍は李氏朝鮮国の首都・漢城を陥落させる。

この快進撃に気をよくした秀吉は、五月十八日付で、秀次に朱印状を与えた。これは大陸占領後の構想を明らかにしたもので、後陽成帝を北京へ移座し、秀次を明国の関白に任命し、朝鮮国の統治を羽柴秀勝か宇喜多秀家に託し、日本の関白には、羽柴秀保か宇喜多秀家を就けるというものだ。

さらに秀吉自身は寧波を拠点として、天竺（インド）攻略の総指揮を執るという壮大な構想だった。

これは、大名たちに「空虚なる御陣」と陰口を囁かれるほど無理のあるものだったが、独裁者と化した秀吉を止めることは、もはや誰にもできなかった。

大陸に覇権を打ち立てるというのは、元を正せば信長の構想だった。しかし信長は面としての大陸に興味を示さず、寧波・厦門・広州（香港）・澳門など大陸にある有数の港町を点として押さえ、西欧との交易から生まれる利を独占するつもりでいた。

後に伴天連から、セビリアとリスボンという二大交易港を押さえたイスパニア王国のフェリペ二世が、並ぶ者なき権力と財力を手にしたと聞いてからは、その構想に拍車が掛かった。

当時の欧州の交易拠点は、リスボン・セビリア・ローマ・イスタンブールの四港であり、いわばフェリペ二世は、欧州半国の王となったと言っても過言ではなかった。

信長は、港を押さえるだけでアジアの王になれることを知っていたのだ。

しかし秀吉は違った。

掃部の胸底から怒りの波濤が押し寄せてくる。

――かの老人は狂っている。

大陸を面で押さえるなど誇大妄想に等しく、そのために払われる犠牲を考えると啞然とする。

秀吉の横暴が極まるにつれ、利休の残した言葉が、明確に意味を持ってきた。

――尊師がわしに託したかったのは、このことなのか。

その答えは、おのずと一つのことを指していた。

三

文禄二年（一五九三）九月三日、掃部は主の関白秀次を誘い、聚楽第の庭にある草庵数寄屋で茶を点てていた。秀次は五日、湯治のために伊豆の熱海に向けて旅立つことになっている。

聚楽第は、天正十五年（一五八七）に秀吉が建てた豊臣政権の政庁兼邸宅で、天正十九年、秀次の関白就任と同時に譲られ、以来、秀次が住んでいた。

秋の茶事は、いかに物の哀れを演出するかにかかっている。

釜は掃部お気に入りの阿弥陀堂釜を使った。これは利休の所有する釜をまねて釜師に作らせたもので、利休のものより肩を張らせ、釜肌を荒々しくさせた。釜肌の威厳が、いっそう茶の湯の儀式性を引き立てると思ったからだ。

この釜を見た多くの茶人は、その行きすぎた姿形に顔をしかめたが、利休は「面白い」と言ってくれた。

釜から上がる湯気が、清新の気を室内に満たす。

花入は瓢の上部を切り取った長細いものにし、凛とした藤袴の枝を無造作に生けてみた。瓢の濃茶色と薄茶色の肌むらが藤袴の淡い紫と調和し、いかにも秋の風情を醸し出している。

墨跡は唐の禅僧の物を掛けるのが定法だが、利休が在世の日本人僧の物を掛けることを流行らせたので、東福寺の長老・玄隆西堂の一行書にした。玄隆西堂は、今日の正客である秀次の師でもある。

茶地緞子の仕覆から備前肩衝の茶入を取り出した掃部は、紫の帛紗で清めた。

それを秀次は茫然と見ている。

――何を考えておるのか。

この幸運児のとらえどころのなさは、掃部でさえもてあましている。

続いて茶杓を取ると、秀次の表情が初めて変わった。

「新たなものだな」

「はい。ご覧になられますか」

「ああ」

掃部が帛紗に載せた茶杓を捧げると、秀次は帛紗の上に茶杓を置いたまま、しげしげと見つめた。

茶杓を拝見する作法は、帛紗の上に置いたまま両手で支えるか、左手で追取を支え、右手で節を持つのが礼法だが、帛紗ごと渡された場合は、前者の方法を取る。言うまでもなく、衛生上の配慮からだ。

「この折撓の力強さよ。櫂先はこうでなければならぬ」

「櫂先は幅広で七三に傾いているのがよい、と利休居士が仰せでした」

「この蟻腰も、折撓とよき対照を成しておる」

「よきお見立てにございます」

世辞ではなく、掃部は秀次の審美眼に感心した。

秀次から返された茶杓の櫂先に付いた茶を帛紗でぬぐった掃部は、釜の蓋を切った。まだ気候が暖かいので、上がった湯気は一瞬で消える。

続いて天目台に載った黒色の建盞（けんさん）をふき、茶入から茶を入れて湯を半杓注ぐ。

建盞とは中国福建の建窯（けんよう）で焼いた茶碗のことで、一般には天目と呼ばれる。窯変や油滴が派手なものは極めて珍しく、その過ぎたるところを掃部は好んだ。

濃茶の中に掃部の顔が映った。

――もう、わしも若くはないのだ。

自分では若いと思っていても、老いの影は知らぬ間に忍び寄っている。

茶の色合いを見て湯を足し、ちょうどよい頃合いの濃茶を練った。

膝をにじり、建盞を秀次の前に置く。

それをしばし眺めた後、秀次はおもむろに喫した。

「これは――、もしや『極無（ごくむ）』では」

「仰せの通り」

「極無」とは唐渡りの最高級銘茶のことだ。天正十四年（一五八六）九月、山上宗二が取り寄せ、豊臣秀長の茶会で使ったのが「極無」の最初の記録になる。しかし苦みが強すぎることもあり、今では宗二と掃部くらいしか使わない茶種だった。

「関白殿下は、お目も利く上、舌も利きますな」

「なに、贅沢なことに慣れておるだけよ」

秀次が自嘲的な笑みを浮かべる。

「その上、文字にも明るい。この国の先行きに不安はありませぬ」

秀次は和漢の古典籍を収集することが趣味だった。それが高じ、足利学校や金沢文庫から古典籍を聚楽第に運ばせ、傷(いた)んでいるものを経師に修復させたり、僧侶に筆写させたりしていた。また、古人の墨跡を収集保存することにも熱意を傾けていた。

「わしはな――」

秀次がため息をつく。

「ずっと養父上(ちちうえ)の仰せのままに生きてきた。養父上に『茶を習え』と命じられれば茶を始め、『学問を身に付けろ』と命じられれば古典籍を読んできた。ただ、それだけのことよ」

永禄十一年（一五六八）に秀次が生まれた時、すでに父の弥助は秀吉の家臣となっていた。元亀二年（一五七一）、四歳の秀次は宮部継潤の許に養子にやられ、天正九年（一五八一）には三好康長（笑巌）の養子とされた。天正十二年（一五八四）の小牧・長久手の戦いでは、戦の経験がないにもかかわらず、奇襲部隊の指揮官をやらされ、家康相手に散々な目に遭わされている。その結果、秀吉から「腹を切れ」とまで言われた。

秀次の人生は、秀吉の意のままに動かされてきただけと言っても過言ではない。

秀次は秀吉に反感を抱いている、と掃部は思っていた。

秀次の様子を観察しつつ、掃部が切り出す。

「さて、太閤殿下の思惑とは裏腹に、唐入りは思わしくないようですな」

天正二十年三月に始まった朝鮮半島への出兵は、当初、秀吉の思惑通りに順調な滑り出しを見せていた。五月には漢城を、六月には平壌も攻略した。ところが、多くの大砲を擁する明が参戦してくると苦戦続きとなった。

それゆえ文禄二年になると、講和撤兵の機運が盛り上がってくる。

六月、明使に接見した秀吉は、日本側の講和条件を提示した。これにより双方の条件が折り合えば撤兵となるはずだった。ところが交渉は決裂する。

「わしが口出しすることもないので黙っていたが、こうなることは、初めから分かっていたわ」

ため息混じりにそう言う秀次だが、実際のところは、秀吉に意見などできるはずもない。しかも今になって、それを言うのは卑怯以外の何物でもなかった。

しかし掃部は、心中の思いとは別のことを言った。

「そこまで見抜いていらしたとは――。この掃部、感服仕りました」

「誰でも見抜けることとよ」

謙遜しつつも、秀次が鼻高々なのは明らかである。

「それゆえこの愚かな出師（すいし）が続けば、多くの兵が異国で命を落とすことになります」

「何が言いたい」

秀次の顔色が変わった。ようやくこの茶会の目的に気づいたのだ。

「いかなる言葉でお諫めしようが、もはや何人たりとも太閤殿下を翻意させること
はできませぬ。それは、この掃部も重々承知。かくなる上は――」

「よせ、それ以上、何も言うな。わしは聞きたくない」

秀次の顔色が変わる。

「いいえ、聞いていただきます。これには、この国の行く末が懸かっております」

「嫌だ。聞きたくない」

秀次は、耳を押さえて躙口に這いずっていこうとした。

「お待ちあれ」

その着物の裾を押さえた掃部は、有無を言わさぬ声音で言った。

「お聞き届けいただかねばなりませぬ」

「申すな。それ以上、何も申すな」

「いいえ、申し上げます」

秀次に覆いかぶさった掃部が、その耳元で言った。

「どなたかが太閤殿下を害し奉らなければ、この出師はやみませぬ。これからも多
くの命が失われるのです」

「そんなことは分かっておる。しかし、わしに何ができるというのだ」

耳を押さえようとする秀次の手首を取り、掃部が言う。

「このままでは豊臣家が、いやこの国が滅びるのですぞ。それを防げる立場におられるのは、関白殿下だけではありませぬか」

「このわしが、大恩ある養父上に背くことなどできようか」

「それは違います。天道に抗う施政者を誅すは、大丈夫たる者の道です」

「ああ」

秀次は、嫌々をするように首を左右に振りながらしゃくり上げていた。その様は、この国を統べる関白のものとは、とても思えない。

「今こそ太閤殿下を亡き者とし、関白殿下がこの国を治めるのです」

「そなたは正気か」

「もちろんです」

掃部にとって己が正気かどうかなど、もはやどうでもよいことだった。

「わしは——、わしは嫌だ」

躙口の戸に手を掛ける秀次を、掃部が懸命に押しとどめる。

「このまま何もせずば、殿の御身が危うくなるのですぞ」

「それは、どういうことだ」

秀次が肩越しに振り向いた。細い目が大きく見開かれ、紫色の唇が震えている。

「淀殿がお産みになった赤子は、男子（おのこ）と聞きます」

「それがどうしたというのだ」

「今頃、太閤殿下は、殿に関白職を譲られたことを悔やんでおるでしょうな」

「何だと」

秀次の顔が青ざめる。

「天下人が、実の子に天下を譲りたいと考えるのは当然のこと。しかし関白殿下がいては、それもままなりませぬ。しかも太閤殿下は老齢。自らの死後、関白殿下が赤子を害そうとしても、阻止することはできませぬ」

「何ということを――。わしが、そんなことをするわけがあるまい」

「関白殿下はそう思っていらしても、疑心暗鬼の塊となった太閤殿下は、そうは思いませぬ」

秀次の動きが止まる。

肩で大きく息をし、目を見開き、何かを懸命に考えている。

「それがしだけで事は成就できませぬ。どうしても関白殿下のお力が要るのです」

「わしは――、わしは手を貸さぬぞ」

「もちろんです。手を汚すのはそれがしです。事が終わった後、関白殿下はそれがしを殺し、身の潔白を証明すればよいだけのこと」

「そなたを殺すだと。そなたはそれでよいのか」

「はい。この掃部、幸か不幸か妻に先立たれ、子もおりませぬ。それを尊師は見越し――」

掃部が秀次の肩を摑んで引き寄せた。

「死の直前、それがしにこの一事を託しました」

「何と――。これは利休の命じたことなのか」

「はい。尊師はそれがしが櫂となり、この船、つまりこの国を正しき方向に向かわせるよう力を尽くせと仰せになりました」

秀次が絶句する。

「それがしを斬った後、関白殿下は『乱心者を成敗いたした』と宣し、すぐに諸大名に触れを出し、半島から兵を引き揚げられよ」

「そなたは――」

秀次の瞳が驚きで見開かれる。

「それで本当によいのだな」

「申すまでもなきこと」

「主殺しとして、千載に名を残すことになるのだぞ」

「この国のためであれば構いませぬ」

「そうか――。見事な心掛けだ」

その場に胡坐(あぐら)をかいた秀次は、しばし何かを考えていた。

――もはや、それしか道はないのだ。

掃部は、修験者が念を送るように秀次を見つめた。

「分かった。やろう」

大きなため息を吐き出すと、秀次が言った。

「よくぞ仰せになられた」

掃部の瞳から大粒の涙がこぼれる。

「して策は——」

「むろん、ございます」

掃部が声を潜める。

それに聞き入る秀次の顔は、みるみる紅潮していった。

四

松籟（しょうらい）の音が激しくなり、驟雨（しゅうう）が屋根を叩き始めた。腹底に響くような雷の唸りも聞こえる。

文禄四年（一五九五）六月、自室でうとうとしていた掃部は、はっとして目を覚ました。

——雨、か。

その時、障子越しに閃光が走った。それに続いて落雷の音が轟く。

灯明皿の灯はとうに消えていたが、雷光により、眼前に削りかけの茶杓と小刀が転がっているのが見えた。

——眠ってしまったのか。

茶杓作りの名人として、掃部は諸大名から茶杓を所望されることが多い。それゆえ夜ともなれば茶杓を削ることが多くなり、今では、何本の茶杓を削ったのか分からなくなっていた。

——このまま、茶杓を削るだけで生涯を終えるのか。

気づけば、秀次の協力を取り付けてから二年の歳月が流れていた。

天下人となった秀吉と接する機会はとみに減り、今では多数の大名小名が集まる儀式の場以外で、秀吉の顔を見ることもなくなっていた。

新たな茶杓を見せたいと秀吉を茶の湯に誘っても、多忙を理由に断られるのが常だった。

秀吉を茶会に招くには、もっと確固たる理由が必要なのだ。

——尊師、わしは、どうすればよいのでしょう。

そう問うても、天の利休は何も答えてくれない。

秀吉と淀殿の間に生まれた男児は、すくすくと育っている。その成長を見るにつけ、秀吉の不安は高まっているらしく、秀次との間には、徐々に溝ができ始めていた。

このまま行けば、秀次の失脚ということも考えられる。そうなると掃部の身もどうなるか分からない。少なくとも秀吉と接する機会は、さらになくなる。

──急がねば。

そうは思うものの、雲の上の人となってしまった秀吉と二人で会う機会など作りようがない。ましてや掃部の計画では、その場に秀次もいなければならないので、さらに難しくなる。

しかも下手に誘って怪しまれれば、それでおしまいなのだ。

一方、秀吉の壮大な夢である大陸制覇も暗礁に乗り上げていた。出兵から三年が経つというのに、諸大名の兵は、朝鮮半島の南端に築いた城に駐屯したままなのだ。侵攻作戦は停滞し、大陸制覇どころか半島南部の維持さえ覚束なくなっていた。

それゆえ秀吉は不機嫌な時が多くなり、怒りの矛先は秀次に向けられ始めた。

再び閃光が走ると、雷鳴が轟いた。

──あの日もそうであったな。

掃部は、ある男との決別の日を思い出していた。

その男が秀吉の勘気をこうむり、高野山から小田原に逃げてきたのは、掃部が北条家の家臣になりすましてから二年目の天正十六年（一五八八）三月のことだった。

男の名は山上宗二。

むろん掃部とは旧知なので、宗二と顔を合わせれば、正体がばれるのは明らかだった。掃部は出奔（しゅっぽん）しようと思った。しかし北条家内部に深く食い込んでいる掃部が出奔してしまえば、以後、北条家の動静が秀吉に伝わらなくなる。

しかも掃部と宗二は、利休の相弟子という程度で、さほど親しい間柄でもなかった。ここ五年ほどは顔を合わせておらず、宗二が掃部の顔を忘れていることも考えられる。

掃部は一か八か居座ることにした。

その後、宗二の姿を公の場で何度か見かけたことはあったが、宗二は掃部に気づかず、声をかけてくることも、視線を合わせることもなかった。

その宗二から招きがあったのは、小田原合戦が始まり、小田原城内が籠城準備で右往左往している最中の天正十八年（一五九〇）四月四日のことだった。

――気づかれたか。

と思ったが、それならばもっと早い時期に、掃部が間者であることを北条家に告げるはずだ。北条家が豊臣軍に押し詰められようとしている矢先に、掃部を斬っても意味がない。

――行こう。

掃部は覚悟を決めて、宗二の屋敷に向かった。

その途次、それまで晴れていた空が曇り、しとしとと小糠雨（こぬかあめ）が降ってきた。

思わず空を見上げると、箱根の山々が目に入った。

笠懸山（かさがけやま）（後の石垣山）城の背後に広がる箱根山は、大半が雲に覆われ、ところどころに黒々とした山容を見せている。

――あの山には、すでに豊臣軍が溢れておるのだな。

この年の三月一日、秀吉率いる三万二千の豊臣軍が京を出陣した。北方から侵攻する部隊や水軍などを含めると、その総勢は二十二万に及ぶ。

対する北条方は、関東各地に張りめぐらされた城郭網を駆使し、長期籠城戦を貫徹する覚悟でいた。

しかし豊臣軍の士気は高く、早くも二十九日、箱根西麓の要衝・山中城を落とし、この四月四日には、先手を務める徳川勢が箱根山を越え、小田原に迫っていた。その一報は、すでに小田原にもたらされており、北条家中は籠城準備で大わらわになっていた。

北条家の茶頭に収まった宗二の屋敷は、小田原城の北西部にある山ノ神台にある。惣構に囲まれた城内にあっても、山ノ神台は最もひっそりとした一帯であり、隠居所や庵が点々とあるだけだった。その鄙びた風情を宗二が好んだことは、掃部にも容易に分かる。

門前で待っていた取次役の案内で、掃部は庭にある数寄屋に向かった。

先に立つ取次役が両開きの簀戸を開けると、目の前に内露地が開けていた。そこは苔も飛石も濡れそぼち、箱根の山々を借景とした泉水も厳かな気品を漂わせている。しかし、いかにも山中の閑居然としており、艶がない。

利休の内露地にある草木は、歯朶でさえ磨かれたように艶めいており、そこにある一木一草が、己の魅力を主張していた。

かつて、露地すなわち茶庭の風情とはどこにあるかを問われた利休は、慈円の歌を引用し、こう答えた。

樫の葉の　もみぢぬからに散りつもる　奥山寺の道のさびしさ

樫の葉は常緑樹のため紅葉しない。青い葉のまま散るからこそ、そこに侘びがある。そのような葉が散り積もる奥山の寺に通じる道こそ、侘びているというのだ。

――この違いなのだ。

その一点が利休と宗二を隔てており、天賦の才を持つ者と、努力によって熟達してきた者の違いなのだ。

――それは永劫に縮まらぬ。

数寄屋の壁は雨に濡れ、下半分が茶褐色の文様を描いていた。それが、そこはかとない風情を醸し出している。むろん文様は偶然の産物だが、利休には、そうしたものまで手中にしているかのような底知れなさがあった。

取次役が差し掛ける唐傘の下、蹲踞で手と口を清めた掃部は、取次役に指示された外腰掛で、宗二の支度が調うのを待った。

内露地の奥にある石灯籠は、どこかの小寺のものを運んできたのか、石面が摩耗し、そこに彫られた地仏の表情までは読み取れない。宗二はそれを侘びと思っているのだろうが、そんな生気のない石灯籠など、利休だったら置くはずがない。

樅や木斛といった常緑樹を主体とした庭木は、いかにも質実剛健を旨とする宗二らしい。高木の勢いを表そうとしているのか、突き上げるように剪定されているのも、権力に抗い続けた宗二の性向をよく表している。もし利休だったら、これほどあからさまに、己の心中を庭木に託すようなことはしない。

こうして弟子の一人の内露地を見るだけでも、あらゆる面で利休に及ばないことを知らされる。

それは掃部とて同様である。

やがて取次役が、宗二の支度ができたことを伝えてきた。

取次役に礼を言った掃部は、躙口から身を入れ、深三畳台目の座敷に入った。

その座敷は、いかにも自信家の宗二らしく、客の位置から点前がよく見えるようにと、常は上座床に構える点前座が、客座の中央に配置されていた。

利休の創出した深三畳台目が、点前を斜めから見るのと異なり、亭主と客が炉を隔てて対峙する形になる。北条家の者たちに点前というものを教えるために、宗二は工夫したに違いない。

その一点だけ取っても、宗二は茶の宗匠にすぎず、美の創出者ではないのだ。

「ご無沙汰しておりました」

宗二には珍しく、にこやかに掃部を迎えた。

「やはり見破っておったのだな」

苦笑いを浮かべつつ、掃部が客座に着く。

「ははは、申すまでもなきこと」

床を見ると、玉澗の筆になる「遠浦帰帆図（えんぽきはんず）」の大軸が掛かっている。

「随分の逸品をお持ちだな」

掃部は正直、感心した。

「ああ、掛物のことで」

掃部がうなずくと、宗二は「これは北条家からの預かり物でござるよ」と、恬淡として答えた。その時に浮かべた不敵な笑いは、昔の宗二のままだった。宗二の牙が抜かれていないことに、掃部は安堵した。

「それにしても掃部様は、いつも豪胆ですな」

「間者仕事は逃げぬことがこつだ。危うくなる度に逃げていては、功は挙げられぬ」

「ということは、此度は相当の功になりましたな」

濃紺の道服を着た宗二は、武骨ながら流れるような点前を進めている。

――道仁の四方釜に、井戸茶碗か。

宗二は夏でも風炉釜など使わない。主客共に汗をかきながら喫する茶こそ、真の侘びだと言っていると聞いたことがある。

――なかなかに疲れる侘びよ。

それが山上宗二であり、それ以外の宗二など考えもつかない。

「いつ分かった」

「最初にお見かけした時から分かっておりました」

「なぜ北条家に告げなかった」

「告げたところで、北条家が助かる見込みはありません」

「尤もだ」

期せずして二人から笑いが漏れる。

「だが、そなたは北条家に救われ、当主の茶頭にしてもらった。わしのことを告げれば、その恩に報いることができたではないか」

「それは、真の報恩ではありませぬ」

「どういうことだ」

「まずは、お召し上がりになられよ」

宗二が、掃部の眼前に古びた井戸茶碗を置いた。中の抹茶は液体というよりも練り物に近い。宗二の茶筅(ちゃせん)さばきがうまいためか、その中の緑の渦が美しい模様を描いている。

「関白殿下（秀吉）は黒楽(くろらく)で茶を喫することがお嫌いで、それがしが探してきた高麗の井戸茶碗を好みました」

黒楽茶碗の風格ある気韻を嫌った秀吉は、暖かみのある井戸茶碗を愛した。

「そうであったな」

「関白殿下は『黒は沈鬱で客に緊張を強いる』と仰せでした。それに反し、井戸茶碗の持つ『はんなりとした滋味がよいのだ』とか」

宗二が秀吉を嘲笑するように言った。こうした他人を小馬鹿にした態度が表に出てしまうところが、宗二の欠点であり、秀吉の勘気をこうむる原因となった。

「では、いただく」

その濃茶を喫するというよりも吸った掃部は、すぐに茶種を見抜いた。

「これは『極無』だな」

「はい。これだけは小田原まで持ってきました。尤も、これが最後の一服ですが」

「わしなどに振る舞ってよいのか」

「ははは、死にゆく者が茶葉を惜しんでどうします」

宗二はこの時、掃部より四つ年上の四十七歳だった。

「死にゆく者とな」

「はい。北条家の恩に報いるべく、明日、手土産に『遠浦帰帆図』を携え、関白殿下の許に参ります」

「講和交渉の使者か」

「講和というより降伏でしょうな」

いまだ北条方の城は、箱根山や足柄山に散らばる小砦（しょうさい）しか落ちていない。しかし宗二は、この戦の行く末を見抜いていた。

「関白殿下の勘気をこうむっているわたししか、北条家に豊臣家への伝手（つて）はありません。それゆえ、死を覚悟で秀吉の許に参ります」

秀吉の置目（おきめ）を破り、高野山から出奔した宗二は、豊臣政権にとって罪人だった。戻れば死罪は免れ得ない。しかし宗二は北条家からの依頼を受け、死を覚悟で使者となることを承諾したのだ。

「それで、そなたは構わぬのか」

「構うも構わぬもありますまい。北条家が滅べば、秀吉の天下は定まったも同じ。さすれば、天下にわが身の置き所はありません」

「そうか。わしには何の口添えもしてやれぬが――」

掃部は豊臣方への内通者を探すよう秀吉から命じられており、今少し城内にいなければならなかった。それゆえ、宗二に付き添って城を出るわけにはいかない。

「それは承知しております。己の始末は己でつけます」

「そうか。たいしたものだ」

「ただ最後に一目、尊師にお会いできたら、と思うております」

「そうだな。陣中には細川殿や蒲生殿もいる。何とか尊師と面談できるよう、取り計らってくれるはずだ」

その後、話題も尽き始め、掃部は別れを告げる潮時を覚った。

「それでは、互いに運があれば、また、あい見えよう」

「そうですな。万に一つもないとは思いますが」

「最後になったが――」

掃部は、一つのことが気になっていた。

「先ほど、わしの正体を北条家に告げることが、真の報恩ではないと申したな」

「そのことですか」

宗二が皮肉な笑みを浮かべる。

「そなたの考える真の報恩とは何だ」

「それは――」

宗二の瞳の奥に憎悪の光が宿った。

「掃部様なら、いつの日か関白殿下を成敗することができると思いました。それで北条家には、黙っておりました」

「何と物騒なことを。わしと関白殿下は古くからの主従だ。主を害すなど考えたこともない」

「いえいえ。われら茶人の中でも、掃部様だけが保身を考えず、天の命ずるままに行動できるお方です。かの猿を生かしておいては、向後、いかなる災厄が、この国に降り掛かるか分かりませぬ」

「とは申しても――」

反論しようとする掃部を制し、宗二が続けた。

「猿は己のためだけに生きております。かような者を生かしておけば、兵は疲弊し、民は呻吟（しんぎん）し、この国は地獄となります」

「そこまで言うか」

「掃部様、己を偽ってはいけませぬ。掃部様の心の片隅にも、このままでよいのかという疑念が浮かんでおるはず」

確かに、その通りだった。

秀吉は己の栄華を極めるためだけに戦ってきた。この国の行く末を考え、新たな国家像を思い描き、その理想を実現するために戦ってきた信長とは、根本から違っているのだ。

――関白殿下は、総見院様（織田信長）の形をまねたにすぎない。

満々と水をたたえた信長の胸内とは異なり、秀吉の胸内は、ひび割れるほど干からびている。このまま秀吉を野放しにすれば、この国をどこに導いていくか知れたものではない。

「掃部様、いつか必ず〝その日〟は来ます。それまでは忠義の臣でおられよ」

「わしなどが反旗を翻したところで、誰も与（くみ）さず、瞬く間に揉みつぶされるだけだ」

「仰せの通り。しかし、茶人にしかできぬこともあります」

「どういうことだ」

「それがしの言いたいことはそれだけです。後は掃部様次第。それがしの一身が滅びても、掃部様がご健在の限り、北条家の恩に報いることができます」

「話は分かった。しかし何も約束はできぬ」

「分かっております」

「それでは行く」

掃部が、その数寄屋を出ていこうとした時である。

「お待ち下さい。形見分けの品を、お受け取りいただけませぬか」

その言葉に、掃部が威儀を正した。

茶人たちには、余命が知れた時や死の床に就いた時、それまでの生涯で世話になった知己に、己の持つ茶道具を分ける慣習がある。

宗二は筒を開けると、中にあったものを帛紗に包み、捧げるようにして掃部に差し出した。

「これは――」

茶入か茶碗を想定していた掃部は、少し拍子抜けした。

「小田原に来てから、わたしが暇を見つけては削っていた茶杓でございます」

それは、紫の帛紗の上に横たわっていた。

――逸品だ。

微妙な樋（ひ）の入り方といい、ほどよい幅の櫂先といい、その茶杓は宗二の会心の作だった。

「これほどのものを、さほど親しくもないわしにくれるというのか」

「はい。これだけは、掃部様に所持していただきたいのです」

「この茶杓の銘は――」

「そうですな。『春雷』とでも名付けましょうか」

確かに、その力強い折撓と櫂先には、雷に打たれたような衝撃がある。

「長い冬を終わらせ、春を呼び込むためには、一時の雷も要りましょう」

宗二が深々と頭を下げた。

五

この翌日、掃部に告げた通り、「遠浦帰帆図」を手土産に、宗二は豊臣陣に入った。周囲の説得にほだされた秀吉は、いったん宗二を許した。しかし宗二は、しつこく北条家の助命嘆願を行った上、不遜な態度を取ったため、再び秀吉の勘気をこうむり、鼻と耳をそがれた上、殺された。

その噂を小田原城内で聞いた掃部は、宗二の冥福を祈ることしかできなかった。

秀吉が伏見に移り、一年半ほど経った文禄四年（一五九五）六月下旬のことだった。

突然、聚楽第に、前田玄以、増田長盛、石田三成、そして三成の下役の富田知信という四人の奉行がやってきた。

ここのところ、秀吉と秀次の間に隙間風が吹いており、掃部をはじめとする年寄（家老）たちも憂慮していた折だったが、まさか突然、詰問使が送られてくるとは思わなかった。

聚楽第に伺候した掃部は、控えの間で木村重茲、白江成定、熊谷直之、一柳可遊といった年寄たちと一緒に、秀次と詰問使の面談が終わるのを待っていた。

――ここまで追い込まれておったとは。迂闊だった。

さすがの掃部も、秀吉が、こんなに早く秀次を処断するとは思ってもいなかった。

やがて焦れるように待つ年寄たちの許に、秀次が現れた。

秀次によると、「わしが、太閤殿下に対して逆心を抱いているとの雑説がある」と言われ、その証拠として、鹿狩りをした際、配下の者どもが物々しいいでたちで山野を駆けめぐっただの、殺生禁制の比叡山に「鹿が逃げた」と言って侵入しただの、夜の宴席で謀反の謀議をしただの、いわれもない言いがかりをつけてきたという。

それでも牛王宝印を捺した七枚続きの誓紙を差し出せば、すべてを水に流すというので、その通りにしたとのことだった。誓紙を受け取った詰問使たちは、それに満足して伏見へと帰っていったという。

——これで済むはずがない。

掃部の経験がそれを教えた。

その夜、秀次と二人で密談した掃部は、いよいよ計画を実行に移すことにした。事件が一応の決着を見たため、秀次は掃部を使者として秀吉の許に派遣し、七月八日に仲直りの茶会を行いたい旨を告げさせた。

八日、秀吉は来た。

秀吉が、この誘いに乗ってくるかどうかは半信半疑だったが、秀吉としては、疎隔が生じた秀次との間を修復するのに、茶事こそ最適な手段だと思ったに違いない。

仲直りの茶会は、掃部の伏見屋敷に設けられた数寄屋で行われた。点前は掃部が務め、正客に秀吉、次客に秀次という三人だけの茶会である。

茶道具はすべて秀吉が用意し、数寄屋内に運び込まれた。同時に、室内に何か仕掛けがしていないか、石田三成の手の者が入念に調べ上げた。

密室となった数寄屋では何があるか分からない。秀吉を殺すために武器を隠していることも考えられるし、茶碗に毒を塗っている可能性もある。そのため、すべての道具を秀吉側から出した上、念入りに室内を調べたのだ。

飛石を渡りつつ秀吉が言った。

「此度は、念には念を入れさせてもらった。貴殿を疑うようで悪いが、これも治部の配慮だ」

治部とは石田三成のことだ。

「承知しております」

秀次が答える。

やがて、外腰掛の脇で拝跪する三成の姿が見えてきた。

「改めさせていただきます」

「構わぬ」

秀次が両手を挙げると、三成は手際よく懐から袖までを探った。武器を隠していないかどうか確かめているのだ。

「ご無礼仕りました」

続いて何も言わず、三成が掃部の前に立った。関白の地位にある秀次とは異なり、荒々しく体を探っていく。

「これは——」

掃部の懐から三成が帛紗を取り出した。

「茶杓でござるよ」

掃部は三成の手から帛紗を取り返すと、落ち着いた手つきでそれを開いた。

そこには、広い櫂先を持つ茶杓があった。

「相変わらず見事な作りよ」

秀吉が、それをのぞき込みつつ感心する。

「茶杓も、こちらで用意したものをお使いいただきます」

いつもと変わらず、三成が横柄な口調で言う。

「治部よ、茶杓くらいよいではないか」

「しかし——」

「このような細竹で、わしが刺せようか」

秀吉が高笑いした。

茶杓は両端が尖っておらず、中ほどに節があるため、人の肌に勢いよく当てても途中で折れてしまう。しかも茶杓は液体に触れる道具ではないため、鴆毒などを塗っておいても、それが溶けることがない。そもそもこの茶会は同じ碗で飲み回す吸茶なので、毒を塗っていれば、秀吉だけでなく秀次も死ぬことになる。

「とは申しましても――」

三成は、それでも不服そうだ。

「此度は掃部の数寄屋で、掃部の削った茶杓で茶を飲むことにしたい」

秀吉がきっぱりと言い切った。そうなると三成は反論できない。

「分かりました。茶立口と躙口の二カ所に手の者を配置しておきますので、何かありましたら、お声をかけて下さい。それがしも、ここに控えております」

「叔父と甥の茶事に、念の入ったことよの」

秀吉は高笑いすると、躙口に身を滑り込ませた。それに秀次が続く。慌てて掃部は茶立口に回り、点前座に着いた。本来なら客を待つ形にしなければならないのだが、此度ばかりは、そうもいかない。

「さすが掃部の草庵だな」

秀吉は室内を眺め回すと、さも感心したように言った。

その深三畳台目の草庵数寄屋は、小田原で見た宗二のものを参考にしていた。

「そなたの点前を、客によく見せようというのだな」

「はい。粗忽ながら、あえて見ていただこうと工夫しました」

「利休や織部に匹敵するほど、そなたの点前は見事だ。惜しみなく見せるがよい」

そう言いつつ秀吉は、正客の座に腰を下ろした。

続いて入ってきた秀次は次客の座に着いたが、顔色は蒼白となっていた。

――まずい。

この計画の成否は秀次にかかっている。秀次が悠然と構えていれば、秀吉も安堵する。しかし秀次の様子がおかしければ、勘のいい秀吉が何かを察することもあり得る。

掃部は事前に噛んで含めるように、そのことを伝えた。秀次も十分に分かっているはずだが、所作は落ち着いていても、顔色まではどうにもならない。

三人が着座すると、茶立口が開き、半東役（補助役）が黒塗の本膳を捧げてきた。

まず前席の一汁三菜である。むろん料理人も半東役も、三成が手配している。

鮑の煮付け、烏賊と青菜の和え物、亀足の付いた蒲鉾、そして鶴肉の吸い物などに舌鼓を打ちながら、三人は食事を楽しんだ。

腹ができたことで、茶席に和やかな雰囲気が漂ってきた。しかし秀次は、どれにも申し訳程度に箸を付けただけだった。


――無理しても、腹に収めればよいものを。


秀次の肝の小ささに、掃部は呆れ果てた。

食事が終わり、いったん中立で外に出た三人は、夏の庭を楽しんだ後、後席のために再び室内に入った。三人が外に出ている間に、床の掛物が南宋の名僧・虚堂智愚の墨跡に替えられている。


「この前、こいつを手に入れてな。今日は、そなたらに見てもらいたくて持ってきた」


秀吉が自慢げに言うと、続いて道具が披露された。

秀吉が取り上げたのは、全体に赤みがかった中に黄味を含む枇杷色の井戸茶碗だ。

「逸品ですな」

掃部がため息をつく。

「そなたも、そう思うか」

「もちろんです」

「関白はどうだ」

「はっ、はい」

秀次の顔には汗の玉が浮かび、その手は震えている。

——急がねばならぬ。

秀吉から井戸茶碗が秀次に回された。

「どうした。具合でも悪いのか」

「いえ——」

「そなたは昔から、わしを前にすると汗をかく。真冬でもそうであったな」

「仰せの通りで」

秀次が引きつったような笑みを浮かべる。

「それにしても、よき茶碗だ」

秀吉の関心が、新たに手に入れた茶碗に移る。掃部は胸を撫で下ろした。

「この斑文の具合が、実によいだろう」

「はっ、はい」

秀吉が秀次に茶碗の蘊蓄（うんちく）を垂れている今こそ、絶好の機会だった。

掃部は金襴緞子（きんらんどんす）の仕覆から肩衝を取り出すと、懐に手を入れようとした。

その時、秀吉が膝を打った。

「おう、そうだ。今日は松屋肩衝を借りてきたぞ。これはな、足利義政公から村田珠光へと伝わり、今は松屋源三郎が持っている逸品だ。松屋の奴め、今日の茶事のために、わしが買うと言っても、『家宝なので、それは困る』と泣いて言うので、とりあえず借りてきたわ」

「いかにも見事ですな」

むろん松屋の茶会に出たことのある掃部は、この肩衝を知っている。

しばし、ため息をつきつつ肩衝を眺めていると、秀吉は、再び井戸茶碗の説明を始めた。

――今だ。

掃部は肩衝の蓋を置くと、懐に手を入れ、帛紗を取り出した。
鼓動が激しくなり、背筋に汗が流れる。
――今、わしが青史を変えるのだ。
ここで掃部が秀吉と刺し違えることで、多くの人々の命が救われる。
掃部が帛紗から茶杓を取り出した時、秀吉から声がかかった。
「先ほどの茶杓だな。どうれ、よく見せてくれぬか」
「はい」
――やるか。
そう思ったが、一瞬、逡巡(しゅんじゅん)した。
秀吉は何の疑いも抱かずに手を伸ばした。
掃部は、つい帛紗を捧げ持つようにして秀吉に茶杓を献じた。
――しまった。
しかし茶杓が戻される時に、もう一度、機会がある。
――今度こそやるぞ。
掃部は丹田に力を込めた。

「実に見事だ。のう関白」

「はい」

すでに秀次は、この世の者とは思えない顔をしている。

茶室内が暗いため、秀吉は目を細め、頭をもたげるようにして、帛紗の上に載せた茶杓を凝視している。

「このふくよかで均整のとれた櫂先よ。また蟻腰の玄妙さもいい。これは、どのように作った」

秀吉の目の奥が光る。

「青竹を油抜きし、天日干しにしました」

「ほほう。それにしても少し白すぎるな」

「念入りに天日干ししますと、竹の色は全く失われます」

「ははあ、そういうものか」

秀吉は感心し、窓からかすかに漏れる日にかざした。

「見事なものよ。まさに茶杓こそ、茶人の心のありようを映しておる。のう関白」

「仰せの通りにございます」

秀次の額からは、滝のように汗が流れ出している。それに気づかないのか、余裕がないのか、秀次は汗をぬぐおうともしない。

「銘は何と申す」

「『春雷』と名付けました」

「よき名だ」

秀吉はうなずくや、秀次に顔を向けた。

「見るか」

「えっ」

「茶杓を手に取ってみるか、と聞いておる」

「は、はい。ぜひに」

秀吉が帛紗に載せたまま、茶杓を秀次に渡そうとした時だった。震える手で受取ろうとした秀次が、それを落とした。

「あっ」

茶杓は、秀吉と秀次の間に置いたままになっていた井戸茶碗にあたり、「コトン」という音を響かせた。

「ん」

秀吉がそれを拾う。

「これは──」

秀吉の顔がみるみる変わる。

「これは竹ではないな。まさか──」

秀吉の視線が、ゆっくりと掃部に向けられた。

「象牙か──」

次の瞬間、「出合え、出合え！」という秀吉の絶叫が聞こえた。

「お命頂戴いたす！」

茶道具をひっくり返し、掃部が秀吉に飛び掛かった。

「殿下、お覚悟を！」

しかし秀吉は茶杓を放さず、取り合いになる。

「狼藉者だ！　誰ぞ助けてくれ！」

秀吉の声に応じ、二つの戸が開こうとしている。しかし建て付けを悪くしておいたので、すぐには開かない。

「何をやっておる！　早く入れ！」

外から石田三成の声が聞こえる。

「殿下は、もうこの国にとって害毒でしかありませぬ。どうか潔く死んで下され！」

「この裏切り者め！」

秀吉の手首をねじった拍子に、その小さな手から茶杓が飛んだ。

「あっ」

それを拾ったのは、掃部でも秀吉でもなかった。

震える手で茶杓を拾った秀次は、茫然とそれを見ている。

「殿、それを早くお渡し下され！」

秀吉を押さえ付けながら、掃部が叫ぶ。

「何をやっておるのです。さあ、お早く！」

後は秀次が茶杓を掃部に渡すか、秀吉の首に突き立てるだけだ。

秀次が茶杓を手にして、こちらに膝行してきた。

――これで、わがこと成れり。尊師、宗二、ご覧じろう！

ところが次の瞬間、掃部の首に衝撃が走った。

「あっ」

背後に手をやると、茶杓は掃部の首に刺さり、血が噴き出している。

続いて激痛が襲ってきた。

――何と愚かな。

すでに秀吉は掃部の下から這い出し、躙口を開けようとしている。

――待て、秀吉。

そうは思っても、体が痺れて言うことを聞かない。首筋の神経が麻痺してきたのだ。

その時だった。

「この狼藉者め！」

茶立口から押し入ってきた武士が、掃部の背に太刀を突き刺した。

「ぐわっ」

口から血が噴き出す。

――ああ、何たることか。

掃部がこの世で見た最後の光景は、土壁に背を張り付けるようにして震える秀次の姿だった。

あらかじめ決められていた手はずは、掃部が秀吉を殺した後、秀次は同じ茶杓で掃部を殺し、「謀反人を成敗いたした！」と喚くというものだった。しかし錯乱した秀次は手順を間違え、掃部が秀吉を刺す前に、掃部を刺してしまったのだ。

――わがこと、終われり。

意識が途切れる寸前、掃部は再び利休にあい見えられることだけを願った。

太閤と関白の間での不始末ということもあり、この事件は秘匿された。

翌日、伏見に呼び出された秀次は、紀州高野山に登るよう命じられる。これに従った秀次は高野山で謹慎生活に入った。しかしそれも束の間、秀次は切腹を命じられる。

それでも秀吉の怒りは収まらず、秀次の死から約半月後、秀次の妻子ら三十九人を処刑すると、聚楽第を徹底的に破却し、秀次の生きた痕跡を消し去った。

この三年後、秀吉は病没する。これにより半島からの撤兵が始まり、文禄・慶長の役は終わった。しかし、その間に朝鮮半島で死んだ者は数万に上っていた。

ひつみて候

一

その草庵数寄屋を出た時、古田織部は利休の言ったことを思い出していた。

——茶の湯とは人をまねることではない。己の創意を凝らすことだ。胸内からわき上がる創意を作意に昇華し、人目に晒す。それをどう見られるかで、茶人の価値が決まる。

「織部様」

物思いにふけりつつ中潜（なかくぐり）まで来たところで、背後から声がかかった。

「何だね。作助（さくすけ）殿、いや、もう遠州殿だったな」

小堀作助は慶長十三年（一六〇八）、三十歳の時、従五位下遠江守に叙任され、小堀遠江守政一（まさかず）となった。通称は遠州である。

すでに遠州は、大和・和泉・備中にある所領一万二千四百六十石を相続しており、ひとかどの武将茶人となっていたが、いつまでも織部は弟子扱いしていた。織部にとって官位や石高などというものは、虚構の価値にすぎないからだ。

「この数寄屋と此度の茶について、ご意見を賜りたいのですが」

「ああ、そのことか」

ようやく織部は、遠州が指導を求めていることに気づいた。

「さて、どこから話すか」

「この庭はいかがでしょう」

数寄屋を取り巻く作庭は、遠州の得意とするところだ。とくに中潜によって仕切られた内露地は、遠州ならではの端正さがにじみ出ている。

ちなみに中潜とは、外（現実世界）と内（非現実空間）を厳格に区切るために設けられた、跨ぎ敷居のことである。跨ぐと言っても一尺三寸（約三十三センチメートル）もの高さがあるため、跨ぐことによって心に区切りを付けさせる効果がある。これも織部の発案による。

織部は、弱々しい冬の日差しによって深く陰影の刻まれた庭を一瞥した。

――いかにも、悪くはない。

　しかし茶の湯にとって、「悪くない」は「つまらない」と同義なのだ。

「貴殿は、柴屋軒宗長の『夕月夜　海すこしある　木の間かな』という句を知っておるか」

「もちろんです。『夕月の見える夜、木の間から少し海が見える』という謂いですね」

「そうだ。樹木に大松や大樅を多く植え込むと、人里離れた山奥にある茅屋の風情は出るが、借景の山々が見えにくい。借景は見えすぎても駄目だが、見えないのもまずい。おそらく――」

「五尺五寸（約百六十七センチメートル）の貴殿の背丈で推し測ったのであろう」

　織部が、遠州の頭の先からつま先まで視線を走らせた。

「あっ、仰せの通りで」

　遠州が「しまった」という顔をした。

「わしの背丈は、五尺二寸（約百五十七センチメートル）から三寸（百六十センチメートル）だ。これでも常人よりは高い。作庭する場合、膝をこう曲げて、五尺（約百五十二センチメートル）の人が見た時、どう見えるかを考えねばならぬ。利休居士は大柄だったので、腰をかがめたり、膝を屈したりして、常の背丈の人々からどう見えるかを吟味していた」

「それがしが至りませんでした」

遠州が悄然と首を垂れる。

「まあ、それはよい。しかし深山の風情を、そのまま表すのがよいとも限らぬ。侘数寄とは、しょせん人がどう感じるかだ。つまり客も主も、深山の風情が作意によって表されているのを知っている。つまり――」

織部の声音が厳しくなる。

「深山を、そのまま再現しようとしても侘数寄にはならぬ」

「は、はい」

「聡明な貴殿のことだ。もうお分かりだろう。深山をそのまま写さずに深山の風情を出す。これが利休居士の教えにある作意なのだ」

遠州が、がっくりと肩を落とす。

――優れてはいるが、道を究めることはできぬ。

それが、織部の遠州に対する評価である。

その時、かつて利休の語った話が脳裏によみがえった。

「創意なきところに作意はない。ところが悲しいことに、創意は努力して得られるものではない。創意は生まれついてのものなのだ」

創意を具現化したものが作意であり、その作意が、どれだけ見る者の心を動かすかで茶人の価値が決まる。作意が創意から生まれた本然的なものか、誰かのまねをしただけの奇を衒ったものなのかは、この道に通じた者ならすぐに分かる。

「遠州殿」

「はっ」

「貴殿は、働きのある茶人だ」

「それは真で――」

「働きのある茶人」とは、「才覚のある茶人」の意である。

「うむ。此度の一客一亭の茶会において、貴殿は虚堂の墨跡、芦屋の釜、瀬戸茶入、唐物染付茶碗、そしてその流れるような所作と、細部に至るまで心を尽くされた。利休居士とそれがしの教えをよく守り、さらに貴殿なりの作意を凝らそうとした」

「ありがたきお言葉」

「だがな――」

言葉をいったん切った後、織部は思い切るように言った。

「それでも、独自の境地には至っておらぬ」

「はっ」

遠州の落胆があらわになる。それでも織部は、遠州に到達点を覚らせねばならないと思った。

「なぜか分かるか」

「分かりません」

「それが分かった時、貴殿は、茶人としての一歩を踏み出す」

そう言うと、織部は数寄屋門をくぐり、遠州邸を後にした。

――創意なきところに作意は生まれぬ。それはあたかも種子なきところに、いくら水を撒いても、芽が出ぬと同じことだ。

しかしさすがに織部も、遠州に面と向かって、それを言うわけにはいかない。

――遠州は、ぬるきもの（至らない者）として終わるだろう。

それが織部の見立てだった。

慶長十四年（一六〇九）正月、織部は六十七歳、遠州は三十一歳になっていた。

二

古田織部正重然（しげなり）は天文十二年（一五四三）、美濃国の守護大名・土岐氏の家臣である古田家に生まれた。

斎藤道三によって土岐氏が没落したため、父の重定（しげさだ）はいったん斎藤氏に属すが、その後、隣国尾張の織田氏の傘下に転じた。

重定は武野紹鷗から茶の湯を学び、勘阿弥と号して織田家の同朋を務めた。「茶道の達人也」（『古田系図』）と言われた重定は、織部に大きな影響を及ぼした。

弘治二年（一五五六）、十四歳で織田信長に仕えるようになった織部は二十六歳の時、信長に従って上洛を果たす。そして永禄十二年（一五六九）、信長の口利きによって摂津（せっつ）茨木（いばらき）城主・中川清秀の妹のせんと結婚し、以後、中川清秀・秀政父子との交流を深めていく。

三十六歳の時、荒木村重の反乱に際し、織部は単身、摂津茨木城に乗り込み、村重方となった義兄の清秀を説得し、翻意させるという大功を挙げる。その後も三十九歳まで、母衣衆の一人として常に信長の傍らにあり、戦場を疾駆してきた。

戦いのない時は、信長が集めた東山御物などの名物を目にし、また南蛮渡来の奇異な美術品にも触れてきた。それが織部の審美眼に、どれだけ影響を及ぼしたか分からない。

天正十年（一五八二）、本能寺の変が勃発し、天下の覇権は信長から羽柴秀吉に移っていく。

信長に代わる主として秀吉を選んだ織部は、今度は秀吉に従って各地を転戦し、秀吉の天下取りに貢献する。その功を認められ、山城国南部に三千石を拝領した上、文禄三年（一五九四）には従五位下織部助に任じられる。織部正というのは格式を高めるべく自ら名乗った官途で、正式には織部助となる。

天正十八年（一五九〇）三月から始まった秀吉の小田原征伐は順調に進み、関東各地に散らばる北条氏の城の大半は落ち、本拠の小田原城を残すばかりとなっていた。

六月、こうしたことから豊臣軍の小田原包囲陣にも安堵の空気が漂い、武将たちは陣中で連歌や茶の湯に興じていた。

関東各地を転戦してきた織部も小田原陣に戻り、秀吉に拝謁する。秀吉は上機嫌で織部の労をねぎらい、しばしの休暇を与えた。

織部は、同じく休暇をもらっていた利休と共に熱海に赴くことにした。

この時代、熱海の湯は万病に効くと言われ、東国屈指の湯治場として賑わっていた。

織部と利休が入った湯は伊豆山の走り湯と呼ばれ、洞窟からわき出た湯が、走るようにして海に流れ込んでいる自然の湯治場だった。

この時、利休の詠んだ歌が残っている。

更ぬれば　あたみの洞の　露とともに　苔のむしろを　やどりとぞする

(夜が更けたので、熱海の洞の露と共に、苔の蓆を寝床とするか)

ここ数年、織部は戦場を往来してきたので、師匠の利休と、ゆっくり話をする機会がなかった。こうして二人で語り合えるのは、久方ぶりだった。

すでに利休は六十九歳となり、その頰には青黒いしみが付き、首筋には幾重もの皺が刻まれていた。

——誰にも分け隔てなく時は流れる。

織部も四十八歳になっていた。体力的に戦場での働きが厳しくなり、そろそろ隠居し、茶の湯三昧の日々を過ごしたくなる年齢である。

「尊師、これで天下も治まりましたな」

ひとしきり世間話をした後、織部が切り出した。

「いかにも、天下は静謐となりました」

利休が本心からそう思っているかどうかは、織部には分からない。

「これにより、われら武士も兜を脱ぎ、茶の湯三昧の日々が送れるのでしょうか」

「そうなればよいのですが」

利休は商人という己の身分をわきまえ、武士たちに丁重に接する。

「尊師には、まだまだ茶の湯を広めていってもらわねばなりませぬ」

「それはそうですが——」

利休がにこやかに続けた。

「関白殿下のおかげで、道具とてなき民にまで茶の湯を広めてきましたが、それが殿下の意にそぐわぬものとなれば、自然、そこで茶の湯の広がりも止まりましょう」

利休は、室町時代から続いた唐物重視の書院茶を民に開放し、草庵茶すなわち侘茶を編み出した。露地には草木さえ満足になく、座敷には一輪の花だけ挿し、掛物もなく、欠け茶碗で主客共に茶を喫する。こうした境地こそ茶の湯の真髄であると利休は唱えてきた。

それは秀吉も是認してきたことであり、天正十五年（一五八七）十月一日に行われた北野大茶湯で、利休の唱える侘茶は頂点を迎える。

利休が遠い目をして言った。

「総見院様（織田信長）ご在世の頃は、とかく唐物が流行りました。一流と言われる茶人たちは、身代を傾けてまで高い唐物を買い、名物による茶会を開きました。それに目を付けた総見院様は名物をかき集め、功を挙げた家臣たちに所領の代わりに下賜しました。実に利口なお方でした」

かつて天下を制覇しつつあった信長は、先々、功を挙げた家臣たちに与える所領が足りなくなることを見越し、所領に代わるものを創出することで、求心力を維持しようとした。

信長は名物狩りによって唐物茶道具をかき集め、茶の湯の張行を許可制にすることで、茶の湯という趣味そのものの価値を高めようとした。

これが「御茶湯御政道」である。

つまり信長は、茶の湯を政治の道具としたのだ。この時から、政治と茶の湯は不可分の関係になった。

「しかし、それも本能寺の変で潰えましたな」

「はい。あの事件によって皆、夢から覚めました。それゆえ関白殿下は、それを逆手に取りました」

秀吉は信長同様、唐物を集めたが、その逆を行った。つまり茶の湯を、上は天皇から下は庶民にまで普及させることで茶の湯人口を増やし、茶の湯という趣味を皆で共有することによって、天下の静謐を保とうとした。

すなわち、検地・刀狩・惣無事令（私戦停止令）などによって、現実世界を堅固な置目や身分制で縛る代わりに、精神世界を開放し、「天下万民、茶の湯の下では一座平等である」ことを唱え、下々の不満を和らげようとしたのだ。

その政策を推し進めたのが、利休だった。

「尊師は、そうした方針に関白殿下が疑問を持ち始めたと言いたいのですね」

「はい。殿下は誰も及ばぬ権力を手にしました。すなわち逆らう者がいなくなった今、どうやら、これまでの方針を転換しようと思われているようなのです」

「それはどうして――」

「それがしが堺の町人だからでしょう」

利休が他人事（ひとごと）のように笑う。

――そうか。こうしていると忘れてしまうが、利休居士は町人なのだ。

秀吉から武家の格式を与えられているとはいえ、元を正せば利休は堺の会合衆であり、秀吉の懐刀として権勢並ぶ者とてなき今も、種々の商いを続けている。

つまり秀吉は、侘茶の存在によって封建社会の身分秩序が混乱し、武士と町人の境目が、あいまいになることを危惧し始めたのだ。

――これで侘茶も終わるのか。待てよ。

織部はあることに気づいた。

――殿下の邪魔になるのは侘茶だけではない。それを創り出した者もだ。

「ああ、いい湯だ」

利休は何も気づいていないのか、すべてを覚っているのか、いかにも気持ちよさそうに湯につかっていた。

湯によって体は十分、熱くなっているにもかかわらず、織部の背には、何度も寒気が走った。

三

舟待ち茶屋の縁台に二人の男が座っていた。その周囲には、家臣や小者が控えている。

もう春だというのに、淀川から吹いてくる風が、やけに冷たい。

織部と細川忠興は、夜露に濡れながら淀の舟着場で利休を待っていた。

「もう、おいでになられると思います。しばしご辛抱下さい」

織部が襟をかき合わせたのを見たのか、忠興が言った。

忠興は、織部より二十も若い二十九歳である。

「お気遣いいただき、かたじけない」

――この男は気が利きすぎる。

それが忠興の強みでもあり、弱みでもあった。

「与一郎殿、此度は労を取らせてしまい、すまなかった」

「いえいえ、織部殿にお会いしたいというのは、尊師のたっての願いです。それがしは関係する者の間を周旋し、お二人がお会いできるよう取り計らったにすぎませぬ」

忠興が、さりげなく功を誇る。

「これが、尊師との今生の別れとなるのか」

それについては、さすがの忠興も返事をしない。言うまでもないことだからだ。

やがて京の方角から、わずかな光が見えてきた。それは初め一つだったが、近づいてくると、いくつにも分かれた。

利休を堺に護送する行列である。

　天正十七年（一五八九）、利休は単層だった大徳寺山門を重層にすべく、その増築資金を負担した。この作事は年内に終わり、大徳寺は利休に感謝し、等身大の木像を造って楼上に安置した。

　これが秀吉の不興を買う。

　すなわち、「勅使も通る山門上に自らの木像を飾るとは、不敬不遜の極み」というのだ。併せて、僧の身でありながら茶道具に法外な値を付けて売ったという「売僧」の罪も追及された。

　大徳寺は、木像を置いたのは大徳寺側の意思だと弁明したが聞き入れられず、また「売僧」の罪というのも奇妙な話で、本業が商人の利休にとって、茶道具の価値を認める客に、それなりの値を付けて売るのは当然のことだ。

　しかし、そうした理屈をいくら説いても、秀吉が聞き入れるはずはない。弁明を聞くつもりがあるなら、罪を問う前に利休を呼び出し、厳重に注意するはずだ。

　利休は何の弁明も謝罪もする機会を与えられず、従容として罪を受け入れた。

　天正十九年（一五九一）二月十三日の夜、秀吉から堺行きを命じられた利休は、淀の渡しから舟に乗ることになった。

利休の最後の願いは、「織部に会いたい」ということだった。利休はそれを忠興に伝え、忠興が諸方面を周旋し、その機会を作ったのだ。

やがて二人の前で行列が止まった。

利休は、外から鍵のかかる罪人駕籠に乗せられていた。

「尊師！」

思わず近づこうとする織部を押しとどめた忠興は、護送役の武士と二言、三言、言葉を交わすと、舟待ち茶屋に案内した。

置き捨てられたような駕籠の周囲には、提灯を持った小者が四人、四隅に拝跪しているだけだった。

舟待ち茶屋の縁台に腰掛けた忠興がうなずく。それを見た織部は、駕籠の前に片膝をつくと、嗚咽の混じった声を振り絞った。

「尊師、織部にございます」

罪人駕籠の窓には密に立格子がはめられており、中の人影さえ分からない。しかしその格子の間から、あの、いかなるものをも滑らかに操る指が現れた。

「お久しぶりです」

鉄錆びた銅鐘を思わせる利休の声が聞こえた。

「尊師――、無念でございますな」

「まあ、無念と言えば無念ですが、これも致し方なきことなのです」

「やはり、殿下は――」

「その話は、もうやめましょう」

利休が織部を制した。秀吉との揉め事に織部を巻き込みたくないのだろう。

「それより織部殿、これでわが身は終わりますが、茶の湯は続きます。いや、続かせねばなりません」

「仰せの通りです」

「人々の心を慰め、人々の猛(たけ)りを抑えられるのは茶の湯だけです」

「いかにも」

利休は、乱世における茶の湯の役割を十分に心得ていた。

「そのためには、権力者の意を迎えつつ独自の境地を開ける茶人が、茶の湯を牽引せねばなりません」

「独自の境地と――」

「そうです。すでに茶の湯は政治と不可分の関係になっています。そのためには、誰が権力者の座に着こうと、その意に叶ったものでなければなりません。しかし、それだけでは廃れます。権力者に迎合しつつも新たな茶の湯を創造し、世に問う者が必要なのです」

利休の声は、かつて熱海で湯を共にした時以上に生き生きとしていた。

「それは常人ではできません。その才があるのは、わが弟子の中では貴殿だけです」

「ありがたきお言葉。しかしなぜ、それがしだけなのですか」

「それは、言わずとも分かっておられるはず。貴殿だけが、己の創意を作意にまで高められる。つまり、独自の境地に達している。ほかの者は、わしに倣うことで汲々としているだけです」

「尊師、何と申し上げてよいか――」

織部は感極まっていた。

「わが座を貴殿に譲ります」

その瞬間、精神世界の支配者の座は、利休から織部へと移った。

「織部殿、茶の湯の力で人の心に巣食う猛りを抑え、世を静謐に導いて下さい」

「ははっ、必ずや――」

　そこまで話したところで、舟待ち茶屋の縁台から護送役人が立ち上がった。役人が顎で合図すると、路傍で休んでいた駕籠かきが立ち上がり、駕籠を担いだ。

「尊師！」

　駕籠は舟着場に向かい、やがて舟に載せられた。

　織部はその場に正座し、利休の乗る舟をいつまでも見送っていた。

　この後、いったん京に呼び戻された利休は、二月二十八日、京の自邸で切腹して果てる。

　この日は朝から大荒れの天気で、雷鳴が轟き、大粒の霰が降ったという。

　死に際し、利休は遺偈を残している。

「人生七十　力囲希咄　吾這寶剣　祖佛共殺　提る我得具足の一太刀　今此時ぞ
天に抛つ」

すなわち「人生七十年。それは一喝にすぎず。わが手にあるこの宝剣で、祖仏と共に殺そう。わたしが得た具足の一太刀を提げ、今この時こそ、（わが身を）天になげうつ」という意になる。ちなみに祖仏とは祖先のこと、具足とはこの場合、武器全般を指す。

四

利休の茶は政治と共に世に出、政治によって抹殺された。政治が利休の茶を必要としなくなった時、生身の利休も使命を終えたことになる。

――おそらくわが身も、利休居士と同じ末路を歩むだろう。

利休の跡を継げば、そうなることは目に見えている。

しかし織部には、抑えきれない衝動があった。

――たとえ、その末路が知れていても、わが才一つで政治を動かしてみせよう。

胸内からわき上がる焰(ほむら)に焼かれる己の姿を、すでに織部は見ていた。

その男は、痩せさらばえた体を豪奢な衾の中に横たえていた。

慶長三年（一五九八）八月四日、場所は伏見城——。

「ちこう」

男がくぐもった声で言う。

傍らで脈を取っていた侍医が目配せしたので、織部は上段の間の端まで膝行した。

「もっと」

土気色の顔をしたその男、すなわち秀吉が、やや首を曲げて織部を見た。

「よろしいので」

「構わぬ」

上段の間に上がった織部は、衾の傍らまで進んだ。

——これが、あのお方か。

これほど近くで秀吉と相見えるのはいつ以来か、織部は思い出せなかった。それほど秀吉は遠い存在になっていた。

「織部よ、いくつになった」

「五十と六にあいなりました」

「そんなになったか。そなたも、もう長くはないな」

香を焚き染めたと思しき衾の微薫に混じり、あの懐かしい秀吉の口臭が一瞬、漂う。

「仰せの通り、さほど長くはありますまい」

「人とはな、生きているうちだけが花だ。死んでしまえば何もできぬ」

「つまり、あの世などないと仰せですか」

「当たり前だ。そんなものがあってたまるか。少なくとも、わしは要らん」

秀吉が歯のない口を開けて笑った。

死が近いと分かっていても、秀吉は神仏にすがろうとはしなかった。

——立派な気構えだ。人の最期は、こうあらねばならぬ。

死を目前にすると、人は神仏にすがろうとする。死の先に何かないと不安でたまらないからだ。しかし秀吉ほど位人臣を極めると、死は無でも構わないのだろう。

「織部、わしは己の知恵を絞り尽くして、ここまで上り詰めた。それについては何の悔いもない」

秀吉が唇をなめた。一瞬、見えたその舌はどす黒く、秀吉の病状が、かなり進んでいることを示していた。

「だがな、わしが案じているのは豊臣家の行く末だ」

「案ずるには及びませぬ。この織部、一身に換えても豊臣家を守り抜く所存」

「ははは、さすが織部だ。頼りにしておるぞ」

秀吉は力なく笑うと続けた。

「しかし、わしがそなたに期待しておるのは、政治でも武辺でもない」

――やはり、そういうことか。

並み居る大身（たいしん）の大名たちを差し置き、わざわざ織部を枕頭（ちんとう）に呼び出した秀吉の真意を、織部は半ば予期していた。

「わしが、最後にやろうとしていたことが分かるか」

「分かりません」

織部は常に直截（ちょくせつ）である。

「あと少しの命があれば、わしは茶の湯のあり方を変えるつもりでいた」

「あり方と――」

「そうだ。わしは利休と語らい、総見院様の方針を覆し、茶の湯を上下に広めた。

それは、現世を堅固な身分制度で固定する代わりに、民に心だけでも自由を与え、不満を鬱積させないための措置だった。ところが、こうして天下が治まってしまうと、茶の湯だけが一視同仁では困るのだ」

――権力者とは勝手なものだな。

今更ながら織部は、秀吉の身勝手さに呆れた。

――政治に接近しすぎたがゆえ、利休居士は死なねばならなかった。

しかし利休の死は、利休自身も納得していた節があり、一概に秀吉を責められない気もする。

――二人の間で、どのようなことがあったのか、わしには分からぬ。

織部の根は武人にあり、他人の詮索を好まない。

「つまり殿下は、それがしに新たな茶の湯の秩序を築けと仰せか」

「そうだ。もう藁屋（わらや）に名馬をつながぬでもよい」

秀吉は、「藁屋に名馬つなぎたるがよし」という侘茶の喩えに対して皮肉を言った。藁屋とは鄙びた草庵数寄屋を、名馬とは高価な茶道具を意味する。

「殿下は、堅固な身分制度に見合った茶の湯を、それがしに創り出せと仰せか」

「そうだ。大名が大名たるべき茶の湯を行わねば、商人どもは大名を下に見る」

商人にすぎない茶匠が、表立って武士たちに崇められることにより、政治と文化、すなわち現実と虚構の境目が分かりにくくなり、豊臣政権が構築しようとしている身分制度の〝たが〟を緩める一因となっていた。

蒲生氏郷や細川忠興といった大身の大名が秀吉同様、利休を神のごとく崇める姿を見れば、民にとって、どちらが上位者か分からなくなる。

――殿下は、わしに人の世の序を取り戻せというのか。

「織部よ、むろんそれは、かつてのような唐物を大切にすることではない。そんなことをすれば、茶の湯は廃れるだけだ。つまり新たな趣向を凝らした茶の湯を、そなたは編み出さねばならぬ」

確かに唐物趣味への回帰は、一部の好事家（こうずか）を喜ばせるだけで、新たな価値を創出することにならない。つまり茶の湯が吸引力たり得ないのだ。

「しかと心得ました」

「分かってくれたか。そなたの役割は、そういうことだ」

秀吉が安堵のため息をついた。

「これは、そなたにしかできぬ仕事だ。くれぐれも頼むぞ」

「お任せ下さい」

「よし、よし」と言って微笑むと、秀吉は瞑目した。

この日から半月後の八月十八日、秀吉は病没する。

その翌日、織部の父である主膳正(しゅぜんのかみ)重定が追い腹を切った。

さすがの織部も、そこまで父が、秀吉に恩義を感じているとは思わなかった。

その後の織部は、新たな茶の湯の創出に励んでいくことになる。

五

数寄屋の壁に開けられた下地窓と、床の対面にあたる窓から漏れる日が交錯し、五徳に載せられた姥口(うばくち)の釜から上がる湯気を際立たせる。四人の男が肩を寄せ合う三畳台目の座敷は、朝会特有の和やかな空気に包まれていた。

「狭きことと暗きことをよしとしてきた草庵の茶も、織部殿によって、ほどよい明るさを取り戻しましたな」

神屋宗湛（かみやそうたん）が、商人特有の油断のない目つきで言う。

「はい。茶とは本来、密会とは異なり、堂々と行うべきかと」

「ははは、仰せの通りですな」

久留米侍従（くるめじじゅう）こと小早川秀包（ひでかね）が豪快に笑う。

「朝会には、ほどよい明るさが大切。それによって清新の気が心に満ちます」

神屋宗湛の言に、今年二十一歳になる安芸宰相（あきさいしょう）こと毛利秀元がうなずく。

「茶とは、実に深きものですな」

「いかにも。この道を行けば行くだけ、その深さに恐ろしくなります」

織部の言葉を宗湛が引き取る。

「深くなるほど離れられなくなるのが、男女と茶の湯にございます」

「はははは」

四人が声を上げて笑う。

秀元と秀包の二人は毛利一族の重鎮。宗湛は博多の豪商で、毛利一族と密な関係を築いている。

慶長四年（一五九九）二月二十八日、自邸内に造った凝碧亭という三畳台目の数寄屋に、毛利家の重鎮二人と宗湛を招いた織部は、朝会を開いていた。

台目とは、座敷内で台子（茶道具を置く棚）だけでなく炉で茶を点てるようになってから、台子を飾った部分と炉の部分の畳を除いた四分の三畳の畳のことだ。籠には白玉椿が一輪。その背後の床に掛けられた墨跡は一山一寧。茶入は辻堂の銘がある尻張の瀬戸肩衝で、茶碗は胴に古暦のような線状の文様が入った黒織部である。

その歪みの激しい茶碗は、宗湛に強い印象を残したのか、宗湛は、この日の記録（茶会記）に「ヘウケモノ也」と記した。

「いつものことながら、見事な室礼でございますな」

鋭い目つきで室内を見回しつつ、宗湛が言う。

「世辞でござろう」

「そんなことはありませぬ」

四人が再び声を上げて笑った。

「さて織部殿、実に心残りながら、宰相も侍従もご多忙の折、そろそろお暇せねばなりませぬ」

それが、「本題に入れ」という宗湛の示唆なのは明らかだ。

「分かりました。こうして、縁の薄かった毛利家の皆様と茶の湯を共にできたのも、天の思し召しかと――」

ようやく宗湛と織部の企みに気づいた秀包と秀元は、身を硬くした。

「よもや、この席が一期一会とは思いたくありませぬ」

「それは、どういう謂いですかな」

秀包が遠慮がちに問う。

「東西の雲行きが怪しくなってきております。雲が来れば雨が降ります。雨に濡れぬためには、大笠が要ります。市女笠のように小さきものでは、風病（風邪）になりましょう」

「仰せの通りですな」

宗湛が同意する。

「大毛利家には、その身代に見合った笠が要ります」

秀包が秀元と顔を見合わせた。

「つまり市女笠では、雨に濡れると――」

秀包の言葉に織部が強くうなずく。

「左様」

「お話、とくと肚(はら)に落ちました」

秀包が深くうなずきつつ言った。

「われらも同じ思いではありますが、わが家中には、必ずしも大笠を欲する者ばかりではありませぬ」

――安国寺恵瓊(あんこくじえけい)だな。

毛利家中は一枚岩ではなく、家康を支持する吉川広家(きっかわひろいえ)を中心とする一派と、豊臣家奉行衆に近い安国寺恵瓊の一派に分かれていた。

家康の依頼を受けた織部は、秀包と秀元の二人に近づくべく、宗湛に二人を誘ってもらったのだ。

「茶とは――」

しんみりとした口調で、秀元が言う。

「げに恐ろしきものですな」

四人の間で控えめな笑いが起こった。しかしそれは、先ほどまでの和やかなものとはほど遠い、白けた笑いだった。

「宰相様、それが茶の湯でございます」

織部が慇懃に頭を下げた。


三人を見送った後、織部が凝碧亭に戻ると、半東役の遠州が片付けをしていた。茶事における半東とは、亭主の取次や補助をする者のことを言う。

「すまぬな」

「いえいえ」と言いつつ、遠州は慣れた手つきで茶碗をふいていた。その口端に、かすかな笑みが浮かんでいる。

「何か言いたそうだな」

「はい。宰相様が、『茶とは、げに恐ろしきものですな』と仰せになっておられたのを思い出しまして」

茶会が終わるのを次の間で待っていた遠州は、会話を盗み聞いていた。

「そのことか」

再び主座に座ると、織部が言った。

「総見院様が『御茶湯御政道』を始められた時から、政治と茶は切っても切れぬ仲となった。爾来、武家の茶会は政治向きの話をする場と化した」

とは言うものの、茶会での政治向きの話は、織部が笠に喩えたように、直接的なものは避け、かつ手短に済ますことが暗黙裡の了解になっている。

「して、首尾はいかがで」

「ほほう」

織部が、てきぱきと片付けをする遠州を見つめた。

「貴殿も、政治に関心が出てきたのか」

「かような時代に生まれれば、政治に関心を持たないことには生き残れませぬ」

「尤もだ」

織部は膝を叩いて笑うと、真顔になった。

「貴殿も知っての通り、毛利家の帰趨(きすう)が東西の勝敗を決する。わしは正直、どちらが勝とうと構わぬが、これ以上、世が乱れることだけは避けねばならぬ。それゆえ
――」

「徳川様に荷担いたすと――」

「そうだ。東が勝てば世は治まるが、西が勝てば、元亀天正の頃に戻るだけだ」

それは、多くの武将たちに共通する認識だった。織部だけでなく、多くの大名や武将たちは戦に飽いてきており、今の地位を守れるだけで十分と思っている。

「して織部様は、徳川様の大笠の下で、心の内の支配者となられるわけですね」

心の内とは、文化および精神世界のことを指す。

「そうだ。わが茶の湯を武家という武家に敷衍し、世の静謐を実現する」

それは、かつて秀吉の求めたことだった。しかし秀吉の死後、支配力が衰えた豊臣政権では、世を静謐に導くのは困難であり、織部は、より強固な現世の支配者を求めていた。

――それが江戸内府なのだ。

しかし織部は、この時代の武将の多くがそうだったように、支配者が家康に移行しても、豊臣家は残るものと思っていた。

「貴殿は、わしを恩知らずと思うか」

「いいえ。芸を極める者は恩など考えませぬ。かの利休居士が生きておられれば、同じことをなさったでしょう」

「そう言ってくれるか」

「ただ——」

遠州が、口端に皮肉な笑みを浮かべる。

「それがしは、織部様が羨ましゅうございます」

「羨ましいと申すか」

「はい。己の茶の湯を武家社会すべてに行き渡らせられるなど、想像もつきませぬ」

「しかし、それをやり遂げねばならぬのだ」

織部の胸内には、新たな闘志がわき上がっていた。

織部の創案した茶の湯は、いまだ完成の域に達していなかったが、徐々に武家の間に浸透し始めていた。

利休の茶の湯が、鄙びた草庵で身を寄せ合うようにして行われていたのとは対照的に、織部の茶の湯は広い書院や広間で行われ、それに見合った数寄屋や室礼を編み出した。

織部窓と呼ばれるようになる床の下地窓、蒲天井、太い中柱、派手な袖壁などが、織部の数寄屋の基本である。

また数寄屋の外に置かれる手水鉢も、利休がつくばう（しゃがむ）ように低い位置に設けたのとは対照的に高く据え、武将たちが胸を張って手を洗えるようにした。

そのほかにも、織部は細かく茶法を規定した。

かくして織部の茶は、利休の草庵風侘茶の精神を継承しつつも、桃山時代を生きた武家の好む「豪放」「華麗」「絢爛」「雄大」といった要素を取り入れ、急速に広まっていった。

六

年が明けて慶長五年（一六〇〇）、美濃国の関ヶ原で、東西両軍がぶつかり合う大合戦が勃発した。この時、織部は上杉景勝征伐で東下する家康に随行し、下野小山陣で石田三成らの挙兵を聞いた。

家康は、去就定まらぬ常陸国の佐竹義宣が気になり、容易に西上できない。義宣は石田三成と仲がよく、徳川方が江戸を留守にしようものなら、その隙に乱入してくる可能性が高い。

そこで家康は七月二十四日、義宣の茶の宗匠である織部を常陸太田城に派遣し、義宣の去就を問い質させた。

織部は「天下を静謐に導けるのは、江戸内府のほかにおりませぬ」と弁じ立て、義宣の説得に成功する。

義宣の差し出した人質を伴った織部は、意気揚々と江戸城に入った。

八月五日、江戸城に戻った家康は、これを聞いて安堵し、今度は、織部を尾張犬山城主の石川貞清の許に派遣した。

この交渉は不調に終わり、貞清は西軍に付いたものの、織部の説得により、東軍に味方していた国人土豪の人質解放に成功する。

こうした地固めをした家康は、関ヶ原合戦で大勝利を収めた。

総兵力で東軍を上回り、陣形的にも有利な位置を占めていた西軍だったが、毛利勢が戦わずして退き陣に転じることで、一気に瓦解した。

徳川方の勝因は、毛利勢が戦に加わらなかったことに尽きる。これは織部だけの功績ではないが、織部もその調略の一端を担っていた。

戦後、織部は七千石を賜り、一万石の大名となった。

これにより織部は、徳川家中および親徳川派の大名たちの間で、これまで以上に重きをなすようになっていく。

それは、まさに利休が歩いた道と同じだった。唯一、利休と異なるのは、織部が武士であるがゆえに、徳川政権の中核には参画し得ず、あくまで外様として遇された点にある。

慶長八年（一六〇三）二月、征夷大将軍を宣下された家康は幕府を開き、実質上、天下を掌握する。そして真綿で首を締めるように、豊臣家の抹殺を進めていった。

「わしの目が悪くなったと思っていたが、こうして手に取ると、これは相当、歪んでおるな」

家康が織部の作らせた黒織部の沓形茶碗を手に取り、眺め回した。

「左様」

織部が点前を続けながら言う。

「歪んでおるからこそ美しいのです」

「そういうものか」

その茶碗の口縁部は、外に向けて大きく反り返り、その胴部は波打つようにねじれている。

「こんなものが――」

そこまで言いかけて家康は口ごもった。

「なぜ美しいのかと、お思いですね」

「うむ。利休の使う道具なら、わしも分からぬことはない。しかしこれは――」

家康が、その歪んだ茶碗を織部の方に押しやると言った。

「かつて利休は、均整の取れた楽茶碗を好んだ。見るからに端正で、胴は少し締まり、腰が柔らかい曲線となって高台に至る。茶の湯に疎いわしでさえ、美しいと思ったものだ」

「尊師の選んだ茶碗は、どれも実に見事なものです」

「貴殿もそう思うなら、どうしてそれを変えようとする」

「ははは」

織部は高らかに笑うと言った。

「それが利休居士の望みだからです」

「利休の望みとな。己が作り上げた茶の湯の形（なり）を、どうして利休は壊すのだ」

「時代は変わるからです」

それだけで家康には分かったようだ。

武家の嗜好に合った織部の茶風は、堅固な身分秩序を確立しようという家康の方向性とも合致していた。

「武家の茶か」

「はい。これが武家の茶です」

慶長十七年（一六一二）八月十三日、織部は駿府に赴き、家康に拝謁した。

すでに織部の茶の湯は完成に近づいており、武士向きの茶風として、幕府も認めるようになっていた。

「つまり、貴殿は利休の衣鉢（いはつ）を継いだのだな」

「はい。及ばずながら新たな世の茶の湯を開かせていただきます」

「新たな世か――」

家康が口端に皮肉な笑みを浮かべる。

「貴殿は、心の内では新たな世を築いたにもかかわらず、現世では、どうして古い世を守ろうとする」

「そのことですか」

織部が苦笑する。

「この織部、亡き太閤殿下の御恩に、いまだ報いておらぬからです」

「御恩とな」

「それがしは、徳川様の天下に異議を差し挟むつもりはありません。天下の政道は万民のためのもの。万民には強き指導者が必要。すなわち内府が柳営（幕府）を開かれたことについては、よかったと思っておるほどです。しかしながら、豊臣家を保護していただくことをお願いしたいのです」

家康がため息をついた。

「わしとて、できることならそうしたい。しかし前の右大臣（豊臣秀頼）の取り巻きは、いまだ時代錯誤な夢を追い、天下の覇権を取り戻そうとしておる。そんな輩に担がれている前の右大臣も気の毒だが、すでに二十歳となれば、物の道理も分かってしかるべきだ。取り巻きを排除できない責は、前の右大臣にある」

「仰せの通り。しかしながら――」

「織部殿、貴殿と東市正（片桐且元）の思いは分かる。だが、わしはもう隠居の身だ。すべては将軍家に任せている」

片桐且元は豊臣家の宿老筆頭で、徳川家との手筋（外交窓口）を担っていた。

「お力になってはいただけぬのですね」

織部が肩を落とす。

「ああ、わしはもう疲れた。江戸に行き、将軍家（秀忠）と話されよ」

そう言うと家康は、その猪首を左右に振った。

「分かりました。では、そうさせていただきます」

織部には、そう答えるしかない。

翌十四日、織部は金地院崇伝や藤堂高虎といった徳川与党の実力者と朝会を行い、根回しを行った上、十八日、片桐且元と共に江戸に向かった。

この朝会の様子が、『駿府記』に記されている。

「織部は、現在数寄の宗匠である。幕下（将軍）がはなはだ織部を崇敬し給うので、諸士のうち、茶の湯を好む輩は、織部について学び、朝に晩に茶の湯を催している」

すなわち織部は、現将軍秀忠からも崇敬されるほどの地位を獲得しており、まさに東西手切れの危機を救える者は、織部以外にいなかった。

江戸に腰を落ち着けた織部は、秀忠に拝謁し、豊臣家の存続を訴えるや、諸大名や高僧、さらに秀忠周辺の人々とさかんに茶会を開き、周旋に努めた。

十一月八日には、織部は自らの江戸屋敷に秀忠を招き、盛大な茶会を催した。茶の湯を楽しむために、現職将軍が一万石の小大名の屋敷に行くなど前代未聞であり、石高だけでは推し量れない織部の影響力を内外に知らしめた。

織部は、茶の湯による和平工作を翌慶長十八年（一六一三）の三月まで続ける。さらに大坂への帰途、再び駿府に寄って家康に拝謁し、何度目かになる秀頼の助命嘆願を行った。

両陣営の緊張が高まった慶長十七年から十八年にかけて、豊臣家の家老である片桐且元を除けば、豊臣家のために、これほど奔走した者はいない。

こうした政治活動を通じ、織部は豊臣家を救えたと思っていた。ところが慶長十九年（一六一四）、両陣営が手切れとなる決定的な事件が起こる。

方広寺鐘銘事件である。

豊臣秀頼は父秀吉の追善供養のために、熱田神宮、石清水八幡宮、東寺、延暦寺をはじめとした大社大寺の堂塔の新築や修築を、さかんに行っていた。むろんこうした大事業は、豊臣家の財産を費消させたい家康の勧めによる。

そうした中に方広寺の大仏殿があった。

方広寺は秀吉が建立した寺で、松永久秀によって焼かれた東大寺大仏に代わる民衆信仰の拠点として、文禄四年（一五九五）に完成を見た。しかし、翌文禄五年の慶長大地震によって倒壊し、慶長七年（一六〇二）、失火によって全焼していた。

慶長十三年、秀頼は方広寺の再建を開始した。そして六年後の慶長十九年四月、梵鐘が完成し、開眼供養を待つばかりとなっていた。

梵鐘の銘文を委託されたのは、南禅寺の長老・清韓禅師である。

清韓は、世の静謐を祈った見事な銘文を刻んだ。

しかし、梵鐘の全面にぎっしり刻まれたこの銘文の中に、「君臣豊楽」「国家安康」の二句があることに、徳川家の御用学者である林羅山や金地院崇伝が難癖を付けた。

すなわち、「君臣豊楽」は「豊臣を君主として万民が(生活を)楽しむ」という意味であり、また「国家安康」では、家康の名が分断されていることが、徳川家に対する呪詛に当たるというのだ。

徳川家の要求により、八月三日に予定されていた開眼供養は中止となった。

同日、片桐且元は清韓を伴って駿府に下向し、八方陳弁に努めるも、林羅山らの舌鋒は鋭く、清韓に蟄居謹慎処分が下された。

失意の且元と清韓は、なすところなく大坂に帰還する。

しかし織部は八月二十八日、清韓を伏見の自邸に招き、平然と茶会を催した。

これは清韓を慰めるのが目的だったが、秀忠から蟄居謹慎を申し渡された清韓を饗応するのは、徳川家すなわち幕府の処分に対する抗議と取られても仕方がない。

将軍秀忠から言い渡された蟄居謹慎の罰を平然と破る清韓も清韓だが、それを自邸に招いた織部は、秀忠の顔に泥を塗ったも同じだった。

いかに秀忠から崇敬されていようが、これでは幕府の政治権力が、茶の湯の世界には通用しないことの証になってしまう。つまり茶の湯の世界には別の序があることを、織部は世間に知らしめてしまったのだ。

現世と精神世界という二重構造が、家康・秀忠父子にとっては、「百害あって一利なし」と見なされた瞬間だった。これは織部個人にとっても茶の湯にとっても、致命的な失策だった。

七

伏見の織部邸に秋の気配が漂い始めた慶長十九年（一六一四）九月下旬、織部は細川忠興の来訪を受けた。

織部は、忠興を吸香亭という新たに造った草庵数寄屋に誘い、会席を共にした。

南の空には、雨を予感させる黒雲がわいていたが、開け放たれた障子の外に広がる巨椋池から涼風が吹き込み、心地よい日である。

脚付きの本膳を前にして、二人は向き合っていた。

「かつて尊師は一汁三菜をよしとし、会席膳は簡素なものでした。しかし織部殿の膳は、実に豪奢ですな」

二人の膳には、なまずの刺身、あぶら貝の煮物、ますカレイの焼き物、海鼠腸(このわた)、せんばり(魚の一種)、牛蒡(ごぼう)の煮物、くず餅、水栗などが並べられている。

「口に入れる物を質素にすれば、気構えも貧しくなります。それゆえ武家には、豪奢な膳が似合います」

「確かに、これだけのものを食べれば、力もわいてきますな」

そう言いつつ、忠興は舌鼓(したつづみ)を打っている。

「此度は、飯を食いに来たのではありますまい」

織部の言葉に、忠興が箸を擱(お)く。

「仰せの通り」

手巾で口と手をぬぐうと、忠興は威儀を正した。

「此度の清韓禅師の件、江戸と駿府は、たいそうご立腹と聞きました」

「ほほう」

「よもやとは思いますが、織部殿は逆心を抱かれておいでか」

「逆心とは、どなたに対する逆心か」

不愉快そうなため息をつきつつ、忠興が答えた。

「申すまでもなきこと。駿府と江戸です」

「ほう」

「まさか織部殿は、いまだ大坂を主君と思っておるのでは」

「ははは」

呵々（かか）大笑すると、織部は決然と言い切った。

「わが主は茶の湯のみ」

「見事な心掛けです。が、それで身を亡ぼすことになっても構わぬのですな」

「越中殿――」

忠興は越中守という受領（ずりょう）名を下賜されていた。

「それがしには、茶の湯によって世に静謐をもたらすという使命があります」

「それは分かっておりますが、東西双方を勝手に行き来されるのは、どうかと思われますぞ」

東西の関係が緊迫の度を増すに従い、事なかれ主義の大名たちは大坂方との交流を断ち、距離を置き始めていた。しかし織部は誰憚（はばか）ることなく、大野治長・治房兄弟といった大坂方の主戦派と茶会を催し、また頻繁に書状も交わしていた。そこには主戦派を懐柔し、徳川家にひれ伏させるという目的がある。

しかも織部は、嫡男の九郎八（くろはち）に秀頼の近習をやらせていた。また孫の左助も大坂城に入っており、まさに織部は、豊臣家の中枢に息子と孫を入れていたことになる。

これまでは織部同様、子や孫を大坂城に預けている大名もいたが、皆、何のかのと理由を付け、城から引き揚げさせていた。しかし織部だけは、そうしなかった。すなわち徳川方から見れば、織部は大坂城に人質を取られている形になっている。

「茶の湯に敵味方はありませぬ」

忠興の顔には、あからさまに「頑固な老人め」と書かれていた。

「織部殿、敵味方を峻別（しゅんべつ）し、さらに厳しい身分制度を布こうとしている徳川家にとって、織部殿の茶の湯は邪魔になってきているのですぞ。それが分からぬ織部殿ではありますまい」

「越中殿――」

織部が大きく息を吸うと言った。

「すべては覚悟の上」

忠興は嘆息すると、口をつぐんだ。

数寄屋の竹樋を伝って飛石に落ちる雨の音が、沈黙を重くする。

「分かりました。それでは織部殿は、尊師と同じ道を歩まれるのですな。それは古田家と織部殿の破滅だけでなく、織部殿の築いた茶の湯の廃絶をも意味するのですぞ」

利休の侘茶を例に取るまでもなく、政治に逆らった茶の湯の末路は知れている。

「太閤殿下と尊師の間に、何があったのですか」

織部が話題を転じた。

「それは――」

忠興が視線を外す。

――此奴は何か知っている。

「なぜ尊師は死を賜ったのですか」

「それは分かりません。ただ政治と茶の湯が不可分である限り、政治との間に矛盾が生じれば、その茶の湯は断たれるのです」

「茶匠と共に、ですね」

庭木を叩く驟雨の音が、織部の心を波立たせる。

「織部殿、世が太平になれば、また茶の湯が必要になります。その時、将軍家の意に沿いつつも、新たな道を切り開ける茶人は、織部殿を措いてほかにおりませぬ」

「貴殿がやればよいのでは——」

「戯れ言を仰せになられますな。それがしに尊師や織部殿の重荷は背負えませぬ」

——己を知っておるな。

忠興は優れた茶人だが、豊前小倉四十万石の大大名でもある。乱世を生き抜き、それだけの収穫を手にした者が、危険な道に踏み入るわけがない。しかも忠興は五十二歳となり、己の限界も見えてきているのだ。

まさに忠興こそ、「働きのある茶人」の典型だった。利休の教えを正しく守ることにかけては、誰にも劣らぬ反面、そこに新たなものを何一つ付け加えようとしなかった。利休の茶の湯を伝えていくことが己の役割だと、忠興は割り切っているに違いない。同じ利休門下でありながら、織部と忠興の進む方向は、全く異なっていた。

沈黙が訪れた。

いつしか雨はやみ、巨椋池の上空に懸かる雲の隙間から日が差していた。

どこかの寺の晩鐘が、あたかも雨が上がったことを告げるかのように鳴っている。

――わしが死せば、茶の湯は廃れるのか。かような者どものために、茶の湯を廃れさせてよいのか。

かような者どもとは、織部と片桐且元の奔走を無にするかのような態度を取り続ける、大野治長ら豊臣家主戦派のことだ。

――わしの命はまだしも、わしの茶の湯まで、命脈を断たれるわけにはいかぬ。

織部は大坂方のために奔走してきたが、言うことを聞かない連中のために、織部の茶の湯まで捧げるつもりはない。

「ご忠告、しかと耳に届きました」

「お分かりいただけたか」

忠興が安堵のため息を漏らす。

「しかと筋を通させていただきます」

忠興の助言に従い、織部は家康と秀忠に謝罪することにした。

忠興が帰った後、織部が一人、物思いにふけっていると、次の間から声がかかった。

「よろしいですか」

「うむ。入れ」

遠州である。

このところ、名古屋城の作事奉行を拝命していた遠州は、織部の許にいることが少なくなっていた。しかし今回は、忠興を案内するような形で伏見までやってきていた。

遠州が深々と頭を下げる。

「よきご判断かと」

弟子が片付けのために次の間に控えるのは、よくあることで、つい話を聞いてしまっても、礼を失したことにはならない。この時代、それだけ師匠と弟子は近い関係にあった。

「そう思うか」

「はい。これで心の黒雲も晴れました」

「黒雲とな」

い。

「実は、それがしは、ずっと織部様のことを案じておりました」

名古屋城の普請場に詰める遠州の耳には、様々な雑説が入ってきているに違いな

「越中守様が仰せの通り、徳川様の時代にも、茶の湯は必要です」

「そうだな」

「武士たちの心の内を支配できるのは、織部様の茶の湯しかありませぬ」

一礼すると、遠州が膳を運んでいこうとした。その背に向かって織部が問うた。

「遠州、わしの代わりは誰もおらぬと思うか」

「はい。おりません」

口端に笑みを浮かべると、遠州は膳を持って下がっていった。

織部の願いとは裏腹に、東西の手切れは決定的となった。

織部同様、何とか豊臣家を生き延びさせようとしていた片桐且元は、大坂城内の主戦派から徳川家との関係を疑われた挙句、大坂城から石持て追われるように退去させられた。

これを受けて十月、家康は駿府を出陣する。

十七日、大坂への途次にあたる名古屋城で家康を迎えた織部は、これまでの行為を詫び、従軍を申し出る。家康はこれを許し、共に大坂に向かった。

そして十一月十九日、大坂冬の陣が始まる。

徳川方の士気は高く、大坂城外の穢多崎砦などを落とされた大坂方は、城内に逼塞した。これにより戦線は膠着し、籠城戦へと移行する。

そうした最中の十一月二十七日、織部は茶の湯の弟子でもある佐竹義宣の許を訪れた。織部としては、東西双方から信頼されている義宣を仲介役として、和睦に持ち込もうとしたのだ。

ところが義宣は、「かつては豊臣方に心を寄せていたが、もう御恩は返した」の一点張りで、自ら和睦の労を取るなど、「もってのほか」と断ってきた。

落胆した織部だったが、その帰途、佐竹陣中によい竹藪を見つけた。

久方ぶりに茶人の風流心を呼び覚まされた織部は、花入や茶杓になりそうな竹を切るべく藪に入った。

その時、銃声が鳴り響き、銃弾が近くの竹に当たった。織部は自分が狙われたことを覚ったが、幸いにして銃弾は、織部の左目の上をかすめただけで大事には至らなかった。

竹を求めて敵陣に近づいた数寄者として、織部の豪胆さは徳川方に鳴り響いたが、何のために佐竹陣を訪問していたのかが問題になった。

家康は織部に見舞いの使者を送ると同時に、義宣の許に詰問使を送り、織部が許しも得ずに和平工作を行おうとしていたことを知る。

詫びを入れてきたので許したにもかかわらず、いまだ織部は勝手な行動を取ろうとしていた。しかし、あからさまに裏切ったわけでもないので、家康は織部を問い詰めることまではなかった。

結局、冬の陣は、大坂方の頑強な抵抗に辟易した徳川方が和睦に応じることになるが、そこには大きな罠が隠されていた。

八

冬の陣の和睦条件の一つに、南惣構堀（みなみそうがまえほり）を埋め立てるという条項があった。そもそも徳川方としては、家康が出馬して得るところなく和睦するのでは、格好がつかない。せめて出陣の成果として、南惣構堀を埋め立てさせろという主張である。

冬の陣を膠着状態に持ち込めたのは、南惣構堀と、その付近に築かれた真田丸や馬出(うまだし)のおかげと言っても過言ではない。それを埋め立てろとは論外な条件だが、精神的にも疲弊していた大坂方は、この条件をのんでしまう。

これで東西の戦いが終息すれば、秀頼より先に家康が死ぬのは必然であり、そうなれば豊臣家が求心力を回復することも夢ではない。

ところがである。徳川方は南惣構堀を埋めた勢いで二之丸堀まで埋め立て、千貫(せんがん)櫓(やぐら)、有楽(うらく)屋敷、修理(しゅり)屋敷といった二之丸や西之丸の防御施設を、ことごとく破却してしまった。有楽屋敷とは織田有楽斎こと長益の、修理屋敷とは大野修理亮(しゅりのすけ)治長の屋敷のことで、これらの屋敷は、大坂城の防御施設の一部である。

話が違うと喚いたところで時すでに遅く、裸城となった大坂城での籠城戦は不可能となった。

翌慶長二十年（一六一五）は元和(げんな)と改元され、一見、東西は小康状態を保っているかに見えたが、三月、家康は秀頼に対して「大和か伊勢に転封するか」、「新規に召し抱えた牢人衆を放逐するか」の二者択一を迫る。

秀頼が大坂城を出るということは、豊臣家が天下を放棄することであり、秀頼が謀殺される可能性も高まる。また牢人たちを解き放ってしまえば、いざという時に戦う兵がいなくなる。どちらの条件も、のめるものではなかった。

大坂方は使者を派遣し、何とか妥協点を探ろうとしたが、これを拒否と解釈した徳川方は、再度の宣戦布告をする。

もはや大坂方には、戦うしか道は残されていなかった。


四月二十六日、家康は、先着していた秀忠らと二条城で軍議を行っていた。

そこにもたらされたのが、大坂方による京都放火計画である。

その前日にあたる二十五日、京都市中に潜伏していた木村宗喜という男が捕縛された。実はこの少し前、大坂城に籠城していた御宿越前という者が、京都所司代の板倉勝重の陣に駆け込み、大坂方の放火計画を漏らしたのだ。御宿は、この陰謀の首謀者が大坂城内にいる古田九郎八だと主張する。

それによると、京都などに潜伏する木村宗喜をはじめとした大坂方の与党五百が、家康父子の去った後の京都に放火し、城方と呼応して徳川方を挟撃しようというのだ。

宗喜は織部の茶の湯を支えてきた茶頭の一人で、単なる茶人にすぎず、そんな大それた計画に関与するはずがない。

さらに同日、織部の女婿の鈴木左馬助が、京都日ノ岡付近で斬られ、その時、所持していた挟箱の中に、織部が大坂方と内通している証になる書状が入っていたという。

確かに織部には、鈴木左馬助という女婿はいるが、大津の関に勤める一代官に過ぎず、大坂方に通じる理由も度胸もない。

織部にとって全く身に覚えのないことが、次々と起こっていた。

二十六日、織部の許に上使が派遣され、織部と三男の小平次の二人に、伏見屋敷での蟄居謹慎が命じられた。

織部父子はこの命に従う以外にない。

織部が伏見にとどめ置かれている間、家康父子は大坂城の攻撃を始め、五月八日に大坂城は落城し、秀頼と淀殿は自害して果てた。

これにより豊臣家は滅亡する。

それから二十日後の二十八日、織部と共に東西の和平に尽力した片桐且元が突然死した。病死と発表されたが、それは徳川家を憚ってのことであり、実際は、豊臣家を救えなかったことから来る苦悩の果ての自害だった。

そして六月十一日、織部父子に切腹の命が下される。

この時、織部は上使の鳥居成次（なりつぐ）に、「かくなる上は入り組み難き故、さしたる申し開きもなし」と言って、何ら弁明をしなかった。

もはや古田家の廃絶は家康父子の決定事項であり、いかに弁明しようと、罪から逃れようがないと覚悟したのだ。


織部が太刀を振り下ろすと、呆気なく小平次の首が落ちた。

作法通りに首を三方に載せ、検使役の実検に供すると、検使役は深くうなずき、奥に下がっていった。続いて小者が現れ、血まみれの畳二枚を運び出し、白布で覆った真新しい畳に替えると、周囲に水を打って掃き清めた。

その間に織部は奥の間に下がり、介錯（かいしゃく）で汚れた水浅葱（みずあさぎ）の裃（かみしも）から、切腹裃と呼ばれる白袴に着替えた。

ところが再び庭に出てみると、検使役も小者もおらず、織部は庭に一人、取り残される格好になった。

その時、裏木戸が開くと、男が一人、入ってきた。

「遠州ではないか」

「はい。織部様の介錯役を務めさせていただきます」

「そうか。そなたでよかった」

織部は、弟子の手で介錯されることに感謝した。

「時間はいただいております。まずは、ゆるりとお話でも――」

太刀を置いた遠州は、切腹用の畳の端に腰を下ろした。

――そういうことか。

検使役は気を利かせて、いったん奥に下がったのだ。

「これまでお導きいただき、心から感謝しております」

「いや、貴殿が今の地位を築いたのは、貴殿の心がけによるものだ」

遠州は秀忠のお気に入りとなり、城や屋敷の作事奉行を務めるかたわら、茶の湯、作庭、立花（華道）に至るまで、あらゆる文化面で力を発揮し、徳川政権における武家文化の支柱となりつつあった。

「ありがたきお言葉。まさに、それがしは働きのある茶人ですな」

二人が声を上げて笑った。

「働きのある」には、「才覚のある」という意味だけでなく、本来的な「働き者の」という意もある。字義通り、遠州は様々な文化面で活躍していたので、自らそれを皮肉ったのだ。

「ときに織部様、どうして一言の弁明もなしに腹を切られるのですか」

遠州の声音が真剣みを帯びる。

「そのことか」

織部が疲れたような笑みを浮かべた。

「わしは総見院様ご在世の頃から側近くに仕え、様々な者たちの死を見てきた。そうした中で、一つだけ確かなことがある」

「それは――」

「権力を握る者から死を命じられれば、何を言おうが死ぬしかないのだ」

織部は、理不尽な理由で死を賜った者たちに思いを馳せた。むろん、その中には利休もいる。

「利休居士も同じ気持ちだったに相違ない」

今となっては、秀吉と利休の間に何があったのかは知る由もない。しかし秀吉から死を賜った利休が、一言の弁明もなく死への旅路に就いたことだけは確かなのだ。

その潔い死は、いまだ武士の間で語り継がれており、武士である織部が、商人の利休に劣るような見苦しい死に方をするわけにいかない。

——無言で死ぬことが、何よりも強い抗議になるのだ。

おそらく江戸幕府は、織部を謀反人として後世に伝えていくに違いない。だが、それに異を唱えたところで何の記録も残らない。それならば無言でいることの方が、そこに何かあると、後世に気づく者もいるはずだ。

——無こそ有を生み出すのだ。

それは利休の考えとも共通するものだった。

「実に天晴（あっぱれ）なお心持ち——」

遠州が恐れ入ったように平伏する。

「一つだけ心残りなのは、わしが死ぬことで、茶の湯が廃れることだ」

「いえいえ、その心配は要りませぬ。織部様に代わって、それがしが茶の湯の道を敷衍させていきます」

「貴殿がか――」

そう言ってしまった後、織部は「しまった」と思った。

「ははは」

それでも遠州は意に介さない。

「それがしでは力不足とお思いでしょう」

「そんなことはないが――」

「織部様の茶の湯を伝えていくことが、それがしにはできぬとお考えですね」

遠州の言葉には険があった。これまで一度としてなかったことだ。

「そうだ。貴殿は働きのある茶人だが、そこまでのものだ」

死に際して本音を隠すこともないと思った織部は、正直に告げた。それが遠州のためであると思ったのだ。

「ははははは」

しかし遠州は、何らこたえた風もなく高らかに笑っている。

「遂に本音が出ましたな」

──此奴。

従容として死に向かおうとしていた織部の心に、怒りの焔がともった。

「何という言い草だ。いやしくも、わしは貴殿の師ぞ」

遠州の顔に挑戦的な色が差す。

「長年にわたり、それがしは織部様に軽く扱われてきました。己の才なきことに、それがしがどれだけ苦しんだか、織部様には分かりますまい」

「何だと──」

織部は絶句した。確かに遠州の苦しみなど、織部は一顧だにしなかった。

「それがしは、幾度となく茶の湯をやめようと思いました。普請作事という技を磨き、それだけで時の権力者に仕えていこうとしました。しかし──」

「しかし、何だ」

「それがしのような〝ぬるきもの〟にも、茶人としての誇りがあります。利休居士や織部様のように、人に崇敬されたいのです」

「身のほどを知れ。そなたに、その才はない」

織部が憐れみを込めて頭を左右に振る。

「初めは、それがしもそう思いました。しかし政治と茶の湯が不可分ならば、時の御政道に叶った茶の湯を生み出すことで、お二人に伍していけると思いました」

「笑止」

「いいえ、そんなことはありませぬ。すでに、それがしの編み出した〝きれいさび〟を、将軍家は、茶の湯の本道として受け入れて下さると仰せになっておられます」

「〝きれいさび〟だと」

織部は絶句した。

〝きれいさび〟とは、特段の審美眼を持たない普通の武士の感性に合わせて美を盛った茶の湯のことだ。それは利休の〝侘茶〟とも、織部の〝かぶいた茶〟とも異なる、凡庸で退屈な茶の湯だった。

「笑わせるな。そんなものに人を惹き付ける力はない」

「いえいえ。織部様のように、歪んだものを美しいと感じるのは、ごく少数の者だけです。多くの者は、それを美しいとは思いませぬ」

「それではわしの茶が、どうしてこれだけ広まったのだ」

「ふふふ」

遠州が小馬鹿にしたように笑う。

「皆、分かったふりをしていたのです」

「分かったふり、だと」

「織部様の作った茶碗を美しいと思える者など、この世に五人とおりますまい」

——そういうことか。

皆、利休が後継者に指名した織部の名声に圧倒され、織部の茶を崇敬していただけにすぎないのだ。

「織部様、世は移ろい行くものです。もう織部様の茶は必要とされておらぬのです」

「そんなことはない」

「織部様は、歪みすぎたのです」

遠州が立ち上がった。

「そうか。分かったぞ。わしの茶の湯を根絶やしにした後、そなたが、茶の湯をはじめとした武家文化の支配者となるつもりだな」

「仰せの通り。歪みすぎては茶も飲めませぬ」

その時、織部は気づいた。

「まさか――」

京に放火しようとしていた木村宗喜とは、遠州が年来の友人と称して、数年前に織部の許に連れてきた者だった。

「織部様、あの世でゆるりとご精進下され」

「よくも――」

そこまで言ったところで、奥の間から検使役が現れた。

竹矢来の組まれた外には、いつの間にか多くの小者も控えている。

「織部様、この期に及んで見苦しき様だけはお慎み下さい。それが、徳川様の時代に織部流を続けてもよいという、将軍家の条件なのです」

「どういうことだ」

「将軍家のご意向一つで織部流の茶の湯は根絶やしにされます。それだけでなく、織部様が焼かせた茶碗なども、すべて破砕されるということです」

遠州が勝ち誇ったような笑みを浮かべる。

家康・秀忠父子が織部に突き付けた最後の手札は、織部流の茶の湯と織部の残した作品群の生殺与奪権だった。

「すべては、そなたが仕組んだのだな」

「それもこれも、身から出た錆ではありませぬか」

「その通りやもしれぬ」

苦笑いを漏らすと、織部はゆっくりと切腹の座に着いた。

「遠州、見事であった。そなたの茶の湯は褒めたくとも褒めようがないが、そなたの策配は上出来だ」

「ありがたきお言葉」

「それでは、あの世で待っておるぞ」

「待たずとも結構。それがしは、ゆっくりと現世を楽しみまする」

遠州は立ち上がると、織部の背後に回った。

——身から出た錆か。確かに遠州の言うことにも一理ある。しかしわしは、こうした生き方しかできなかった。

利休から精神世界の支配者の座を譲られた時から、こういう結末を迎えると、織部は分かっていた。

——そうでない別の結末など、あろうはずがないのだ。

検使役に一礼した後、三方の上に置かれた脇差を手に取った織部は、それを腹に突き立てた。

——尊師、織部は悔やんではおりませぬぞ。

痛みがやってくる前に、それを横に引き回し、織部は介錯を待つように前かがみになった。

次の瞬間、首筋に衝撃が走ると、すべては終わった。


織部には四人の男子がいた。

織部の死に先駆け、秀忠の近習だった四男の左近は、徳川方として落城の前日に討ち死にを遂げ、嫡男の九郎八は大坂落城時に同じく討ち死にした。三男の小平次は織部と共に屠腹（とふく）し、次男で徳川家家臣だった重広は、厳重な取り調べを受けた後、斬首に処された。これにより、孫も含めた織部の男系の血は、すべて断たれた。

古田家の家財は没収され、「へごみの壺」や「勢高肩衝」といった織部秘蔵の道具類は、家康と秀忠のものになった。

織部が謀反の疑いで自刃させられたと聞いた商人たちは、織部焼を一斉に破棄した。埋める暇も惜しんだため、一時は、織部焼で洛中の井戸が埋まるほどだったという。

織部によって栄えた美濃の窯場(かまば)は四散の憂き目に遭い、後に織部焼が復活した際は、尾張の瀬戸が中心になる。

一方、小堀遠州は茶の湯に王朝文化の美意識を取り入れ、茶の湯を知的で洗練されたものへと変質させていった。こうした趣向は、平和な時代を迎えた武士たちを魅了し、遠州流は武家茶道の本流として栄えていくことになる。

利休形（なり）

一

蒲生氏郷の伏見屋敷は、伏見城の大手口を南西に一町ばかり下ったところにある。南側に宇治川が流れ、川を挟んで秀吉の隠居城として築かれた向島城が望めるほど眺望がよい。かつて訪れた秀吉が、「伏見一等の地」と言ったことからも、その立地のよさが分かろうというものだ。

――太閤殿下のお気に入りだったからな。

細川忠興は、氏郷に軽い嫉妬を覚えたことを思い出した。

織田家の家臣だった頃から、秀吉は氏郷の武辺ぶりを愛しており、本能寺の変後、その関係が傍輩から主従に変わっても、その親密さは変わらなかった。

――しかし、それも昔のことか。

文禄四年（一五九五）の正月八日、氏郷の病状が悪化していると聞いた忠興は、少ない供回りを連れて蒲生屋敷への道を急いでいた。

伏見城下を行き交う人々の顔には明るさが戻り、安堵感が漂っていた。というのも、後に文禄の役と呼ばれることになる秀吉の大陸侵攻作戦は、和睦撤兵という公算が高くなってきたからだ。

忠興も渡海して異国の民と戦った。しかし飢えと寒さによって多くの家臣を失っただけで、何ら得るところはなく、文禄二年（一五九三）閏九月に帰国した。それでも朝鮮半島には、いまだ十万を超える兵が駐屯している。

領国の丹後に戻って軍を解いた忠興は、急ぎ伏見に伺候し、秀吉に拝謁した。形ばかりに忠興の報告を聞いた秀吉は、「これから演能の稽古がある」と言うや、報告の途中であるにもかかわらず、奥に戻っていった。

この頃、秀吉は演能にのめり込んでいた。かつて茶の湯に凝った時と同じだった。当代随一の能楽師・暮松新九郎から手ほどきを受けた秀吉は、「のふ（能）にひまなく候」とまで陰口を叩かれるほど、憑かれたように演能の稽古に励んだ。しかもそれに飽き足らず、能面を自ら考案し、面打ちの角坊に己の意に叶った能面を打たせ、さらに禁中で能興行を催し、果ては、自らの事績を新作能の謡本として大村由己に書かせ、自ら舞うまでした。

秀吉の能狂いはいっこうにやまず、いまだ大陸に十万を超す兵がいることさえ忘れているかと思われるほどだった。

秀吉は何かに凝ると狂ったように執心する。しかし飽きると見向きもしなくなる。その落差があまりに大きいため、その度に周囲は振り回される。

伏見城は正月気分に満たされていた。

朝鮮半島への出兵は、ここ伏見では大勝利ということになっており、正月行事や祝宴が七日まで続いた。その歌舞音曲の調べは、蒲生屋敷にも聞こえているに違いない。

檜皮葺(ひわだぶき)の櫓門の前には、すでに蒲生家の家臣たちが整列して待っていた。供の者を遠侍(とおざむらい)で待たせ、忠興は一人、最も奥まった一室に向かった。

「待っていたぞ」

「お久しゅうございます」

弘治二年（一五五六）生まれの氏郷はこの時、四十歳。永禄六年（一五六三）生まれの忠興より七つも年上だ。

「しばらく見ぬ間に、よき面構えになったな」

「長くあちらにいた者は皆、こんな顔になります」

忠興が、すっかりこけた己の頰を叩くと、氏郷は病にやつれた相好を崩した。

かつて病を押して肥前名護屋陣まで行った氏郷だったが、病が重篤となったことで渡海できず、かの地で病床の身を横たえていた。

その時に見舞って以来なので、二人は三年ぶりの再会になる。

「渡海してからは何一つよきことなく、飢えと寒さを堪えつつ、ただ目前の敵を斃すことに明け暮れておりました」

「さもありなん」

氏郷が、ため息交じりに言った。

「しかし、これで和睦も成るようなので一安心です」

「まだ分からぬ」

秀吉の出した講和七条件は、朝鮮南部四道の割譲など朝鮮政府がのむはずのないものばかりで、交渉決裂から再度の出兵という可能性も十分にあり得る。

「与一郎殿、殿下は日に日に頑なになってきておる。誰かが諫言せねば、また多くの者が死ぬ」

「それは分かっておりますが──」

秀吉に唯一諫言できた弟の秀長は病死し、若い頃からの友である前田利家の諫言ですら、今の秀吉は耳を貸さない。

「お父上や如水殿でさえ、遠ざけておるというではないか」

「はい。困ったものです」

「お父上」とは細川幽斎、如水とは黒田官兵衛孝高のことだ。二人は秀吉の股肱の臣だったが、ここのところ秀吉から疎まれていた。

「わしが壮健であっても、できることは限られていただろうな」

何と答えていいか分からず、忠興は話題を転じた。

「ときに飛州殿、ご加減は、いかがですかな」

氏郷は飛騨守に任官しているので、飛州殿と呼ばれている。

「見ての通りよ」

氏郷は、すっかりやつれた頬に自嘲的な笑みを浮かべた。

「昨夜は下血が激しく、腹もひどく痛んだ。それゆえ、薬師に眠り薬を調合してもらった。おかげで少しは楽になったが、眠っておるのか起きておるのか、ずっと区別がつかなかった」

氏郷の大腸には悪性の腫瘍があり、肛門からの出血が絶えない。

「きっと、お眠りになられていたのですよ」

「そうであろうな。でなければおかしい」

「と、仰せになられますと」

「尊師がいらしたのだ」

二人の間で尊師と呼ばれるのは、千利休だけだ。

「勘違いするな。夢の中でのことだ」

「あっ、はい」

忠興が胸を撫で下ろす。

「尊師は三畳もない小さな草庵の前で、わしを手招きするのだ。それを見て、わしは尊師の方に向かった。尊師は躙口にするりと身を滑り込ませたのだが、わしはどうしても入れない。そのもどかしさに身悶えしておると、目が覚めたというわけだ」

夢の話を聞かされても、忠興は、どう答えてよいか分からない。

「その後、またうつらうつらし始めたのだろうな。いつの間にか、わしはその草庵に入っていた。ところがその座敷というのが、三畳どころか見渡す限りの広さなのだ」

「大坂城の千畳敷くらいありましょうか」

「いや、もっと広い。あまりに広くて端が見えぬのだ」

忠興は、いよいよ氏郷に死が迫っていると感じた。

「そこは千畳敷の一隅で、床間はおろか炉まで切ってある。しかし残る二面の先は果てしなく広い。それでわしは、どうにも落ち着かなくなってな」

「ほう」

すでに忠興は上の空だった。

「ところがだ。驚いたことに点前座にいるのは、尊師ではなく殿下なのだ」

忠興がぎくりとする。

「それで、殿下は何と」

「殿下は」と言いかけて苦しげな顔をすると、氏郷は言った。

「何も仰せになられなかった」

「そうでしたか」

たとえ夢の中とはいえ、忠興は安堵した。

狭い草庵の中に無限の広がりを持つ精神世界を築くことこそ、利休の目指した茶の湯の真髄だが、氏郷の夢が、いかなる寓意なのかは忠興にも分からない。

「それにしても――」

氏郷が遠くを見るような目で言った。

「なぜ、あんなことになってしまったのだろう」

氏郷の言が、秀吉と利休のことを指しているのは明らかだった。

「それは、われらには分からぬことです。お二人は組み合ったまま、谷底に落ちていった。そこは、われらには近づけぬ深い谷だったのです」

その結果、利休は命を断たれ、秀吉は迷走を始めている。

氏郷は瞑目すると言った。

「障子を開けてくれぬか」

「よろしいので」

いかに洛南の地とはいえ、一月の寒気は厳しい。

「構わぬ」

忠興が立ち上がって障子を開けると、寒風が吹き込んできた。

しかし眼下に広がる宇治川は、まさに絶景だった。

「雪が降っていたのか」

「朝方、わずかに降ったようです」

宇治川には、白い薄衣を羽織ったような大小の中洲が浮き、その前後左右を漁師の小舟が行き交っている。左手眼下には伏見城まで続く舟入りが伸び、右手には繁茂する葦の向こうに巨椋池がかすんでいる。

「わしは、いつまで生きていられるかな」

「何を仰せか」と忠興は言ったが、氏郷の命の灯が尽きかけているのは明らかだ。

「飛州殿、豊臣家は繁栄の途上にあります。その柱石たる飛州殿には、まだまだ生きていてもらわねばなりませぬ」

忠興の激励にも、氏郷は応えようとしない。

「わしも武士だ。己の死期くらいは分かる」

忠興には、もう気休めを言う気もなくなっていた。

「飛州殿は、泉下で尊師にお会いになられたら、何をお話しなされる」

「泉下でか」

氏郷の顔に、あきらめに似た笑みが浮かぶ。

「われらにできることは何もなかった。それは尊師もご承知のはず」

氏郷がそう言った時、城の方角から賑やかな笛太鼓の音が聞こえてきた。

「与一郎殿、殿下は、いまだ正月気分が抜けぬようだな」

「ずっとあの調子です」

「半島では、多くの兵が呻吟しておるのにな」

他人の痛みなど一顧だにしない。それが、老いてからの秀吉である。

「与一郎殿、殿下は尊師の中に何を見、尊師は殿下の中に何を見たのだろうか。そして二人の間に起こったことは、われらの知る秘事だけが原因だろうか」

「それは――分かりませぬ」

「そうだな。わしにも分からぬ」

氏郷が自嘲的な笑みを浮かべた。

二

方丈に安置されたその男の木像は、生前と何ら変わらぬ厳(いか)めしい顔つきで、かつての家臣たちを見下ろしていた。

時をさかのぼること十年前の天正十三年（一五八五）三月八日、紫野(むらさきの)の大徳寺総見院に多くの武将たちが参集していた。

僧たちの読経が幾重にも連なり、耳の中を駆けめぐる。

――この様を、右府様はいかにお考えか。

右府様こと信長が手にしかけていた天下の覇権は、いつの間にか秀吉に奪われ、その息子たちも、ある者は討たれ、ある者は家臣のように扱われている。

あまりに理不尽な秀吉の仕打ちだが、「筋が通らぬ」と指弾する者は誰もいない。

むろん忠興も、その一人だった。

法要が終わって坊主たちが退席するや、秀吉は信長の木像の前にひれ伏し、方丈内に響きわたるほどの大声で言った。

「総見院様、この藤吉、御遺族を守り、天下を静謐に導きまする。それゆえ、どうぞ安らかにお休み下され！」

信長に加護を望むわけではなく、「休んでいてくれ」というところに、秀吉の自負心と後ろめたさが感じられる。

おびただしい衣擦れの音を立てつつ、居並ぶ大名たちが秀吉に倣って平伏した。

これより三年前の天正十年（一五八二）六月、信長が本能寺で横死した時、忠興は二十歳だった。父の幽斎は長らく苦楽を共にしてきた明智光秀に与さず、秀吉に味方した。これにより、「光秀と縁戚の細川幽斎でさえ、秀吉に味方した」という話が野火のごとく広まり、多くの大名が秀吉の旗下に参じた。

その結果、秀吉は勝った。

しかし何かが、おかしかった。

——光秀の謀反で、総見院様が横死したと聞いた時、父上はさして驚かず、当然のことのように秀吉に与した。あれからしばらくの間、父上は秀吉と会う度に、難しい顔をして何やら話し込んでいた。その時、傍らにいたのは——。

秀吉が、ひときわ大声を上げた。

「総見院様が死してから三年、この藤吉、粉骨砕身し、逆賊どもを平らげてまいりました。それも、ようやく収まりつつあります。これにて末永く織田家は安泰、天下は静謐となります」

たとえそれが、田舎田楽のような空々しい台詞だとしても、誰一人として指揮できる者はいない。

――それが権力というものだ。権力者に抗える者など誰もおらぬのだ。

己もその一人であることを、忠興はよく知っていた。

光秀を討った後、秀吉は柴田勝家を滅ぼし、勝家と共に挙兵した織田信孝を自害に追い込むと、小牧・長久手の戦いを経て、徳川家康と織田信雄を臣従させた。残る敵は、関東の北条と四国の長宗我部くらいだが、彼らが秀吉に誼を通じてくるのは間違いなく、秀吉の天下平定は成ったも同然だった。

「与一郎殿」

傍らに座していた蒲生氏郷が忠興を促す。

われに返ると、秀吉は立ち上がり、方丈から広縁に出ようとしていた。いったん別室に入り、方丈で行われる予定の茶会の支度が済んだ後、再び戻るつもりなのだ。その間に、忠興や氏郷ら千宗易（後の利休）の弟子たちは、坊主や喝食を指揮して座敷飾りを設えねばならない。

秀吉が去ると、慌しく茶道具が運び込まれてきた。忠興らは細々とした指示を飛ばしつつ、それらの配置を決めた。

方丈の床には、虚堂の筆になる墨跡が掛けられ、その下には古銅蕪無花入が置かれ、台子飾りとして、松本茄子茶入と白天目が飾られ、風炉の上には小霰釜や珠徳作の象牙茶杓などの当代屈指の道具が並べられた。

その間、宗易は方丈の隅に端座し、ただ瞑目していた。いつものことながら、忠興らの仕事には一切、口を挟まない。それは弟子を信頼しきっているというよりも、試していると言った方が正しい。

やがて支度が調ったのを見計らい、宗易が立ち上がった。宗易は道具類の位置を少しずらすと、点前座に腰を下ろした。

それまでの空間が、嘘のように変わった。すべての道具は輝きを増し、強い存在感を主張している。しかし宗易が、こうしたことを直感でやっているわけではないのを、忠興は知っていた。

――尊師は、頭の中に曲尺割を持っている。それが、常人には考えられぬほど正確なのだ。

茶の湯を行う座敷の室礼には、陰陽五行説を元にした厳格な尺を用いる。点前座とは、陰陽の二気と木・火・土・金・水の五行から成り立っており、それを元に道具類にも、陰陽五行説が取り入れられている。

――尊師の曲尺割は、この世の森羅万象を司っている。

宗易の曲尺割により、一つ一つの道具、すなわち五行が絶妙の調和を見せ、常人でも分かるほどの美を醸し出すのだ。

茶会の支度が調うのを待っていた秀吉が、再び方丈に姿を現した。今度は公家も率いているので、総勢は三十人余に及んだ。

秀吉が正客の座に、弟の秀長が次客の座に、そして居並ぶ公家や大名たちが相伴の座に着く。

一方、点前座を占める宗易の背後に、忠興や氏郷といった武人の高弟が、さらにその背後に津田宗及、今井宗久、山上宗二ら堺衆が座を取った。

後の世で「大寄せ」と呼ばれる大人数の茶会なので、あたかも武と数寄が対峙するような座次となった。

「おお、侘助か」

秀吉の問い掛けに、宗易が軽くうなずく。

侘助とは侘助椿のことだ。

「仰せの通り、侘助でございます。先ほど庭を通った際、一輪、形のよいのを見つけたので、手折ってまいりました」

台座と共に、床の畳の中央に置かれた古銅蕪無花入に、一輪の椿が無造作に挿してある。支度をしている時は、花入がやけに縦に長い気もしたが、宗易が「それでよい」というので、忠興らはその言に従った。

しかしこうして見ると、無造作に挿された侘助の大柄な花弁が縦長の違和感を消し、絶妙な安定感を醸し出している。

――やはり、尊師の心眼には敵わぬ。

何をどう置けば、どう見えるかを想像できるか否かが、宗易のような一流と己のような二流の違いだと、忠興は痛いほど思い知らされた。

　忠興は、茶を始めてから懸命に宗易に倣った。宗易の創り出す美を模倣し、その境地に迫ろうとした。しかし天賦の才という一点において、絶対に宗易には追いつけないと、ようやく近頃になって覚った。

「この座に合った趣向だな」

　秀吉の言に宗易がうなずく。

「恐れ入りました」

「しかし、この侘助は、少し盛りを過ぎておるような」

　薄く紅色を帯びたその花弁は大きく開き、黄色の花芯を惜しげもなく晒している。先ほどから忠興も気になっていたのだが、やや無粋（ぶすい）に見える。

「筑前守様、花は盛りを過ぎておるものほど、侘びております」

　鬼面風炉（きめんぶろ）の炭点前を行いつつ、宗易が言った。

「そういうものか」

「はい」と答えつつ、宗易は流れるような所作を止めない。

「華やぎに至らぬものも侘びなら、華やぎを過ぎたるものも侘びかと」

「ほほう」

しばらく道具類などの話をしていると、釜から白い湯気が立ち上ってきた。

数寄者は、この湯気を見ただけで口の中に苦味が走り、唾がわいてくる。

「侘びというのは、質素で粗末なものばかりをそろえ、茶の湯を楽しむことだと思うていたが、そなたは、唐物数寄のように派手なものでも侘びになると申すか」

「はい。侘びの行きつく先は人それぞれでございます」

「人それぞれ――、とな」

「人に侘びと感じさせることができれば、それが侘びとなります。むやみに質素で粗末なものを並べたとて、それで侘びているとは申せません」

「ははあ」

いかにも感心したと言いたげに、秀吉が頭の後ろに手をやった。

「つまり人それぞれ、己の侘びを探さねばならぬというのだな」

「はい」と言いつつ、緞子（どんす）の仕覆から茶入を取り出した宗易は、己の指先のように茶杓を扱い、抹茶を天目茶碗に入れると、釜から柄杓ですくった湯を注いだ。

次の瞬間、ふくよかな香りが漂い、方丈に漂っていた緊張が解（ほぐ）れる。

――これが、茶の湯というものだ。

茶の香りが道具の醸す美と混じり合い、猛々しい武人たちをも落ち着かせる。

「そうか」

秀吉が軽く膝を叩いた。

「何か分かった気がする」

「筑前守様には筑前守様にしかできぬ侘びが、この宗易には宗易にしかできぬ侘びがございます。それを室礼などとして表したものを形(なり)と言います」

「形とな――」

「はい。侘びは心のありようなのです。侘びは目に見えぬものですが、侘びを他人にも見えるように表したものが形なのです。すなわち、侘びの行きつく場所に形はあります」

「それでは問うが、わしのような者は、いかなる形を表わせばよい」

秀吉の金壺眼(かなつぼまなこ)の奥が光った。こんな時、秀吉を煙に巻くようなことを言えば、とたんに機嫌が悪くなる。

「筑前守様の侘びの行きつく先は、おそらく――」

宗易が台に載せた天目を秀吉の前に置いた。中の濃茶は渦を成し、いくつもの泡沫を浮き立たせている。

「きらびやかなものでございましょう」

「ほう」

「きらびやかなものも侘びとなり得ます」

宗易の真意が奈辺にあるのか、忠興には分からない。ただ秀吉が何かを覚ったらしいことは確かだった。

秀吉が作法に則り、台から天目を手に取った。ほんの一瞬、茶を慈しむように見つめた後、秀吉はそれを口にした。秀吉の皺深い喉を茶が通り抜けていく。

その充足した顔を見れば、秀吉が茶の味に満足しているのは歴然だ。

続いて天目は秀長に回された。

この後、点前座に宗及や宗久が着き、それぞれの点前を披露すると、次第に打ち解けた雰囲気が広がり、最後に椎茸（しいたけ）、煮しめ、牛蒡、胡桃和（くるみあ）えなどの軽食や菓子が出され、総見院での大茶会はお開きとなった。

しかしこの時、宗易の言ったことが、忠興の心に妙に引っ掛かっていた。

それでも、宗易に問うことは憚られた。

そんなことを問うても、宗易は片頰に笑みを浮かべるだけで、何も答えてくれないに決まっているからだ。

三

そう言うと秀吉は立ち上がり、大坂城御主殿内の長廊を、いずこかに向かって歩き出した。

「そなたらに見せたい物がある」

秀吉から一歩下がって歩く利休が問う。忠興らはその背後に付き従っている。

「見せたい物、と仰せになられますと」

「明日は二度目の禁中茶会だ。それで前のように、ただ茶の湯を帝に献上するだけでは物足りないと思うて、少し趣向を凝らしてみた」

大徳寺総見院での茶会を行ってから四月後の天正十三年七月、秀吉は念願の関白職に任じられ、その返礼も兼ねて禁中での茶会開催を申し出た。

前例にないことなので反対する公家もいたが、朝廷としては秀吉の機嫌を損ねるわけにはいかず、十月七日、初めての禁中での茶会が、小御所の菊見の間で開かれた。

秀吉は自ら茶を点て、正親町天皇に献じた。それを後見したのが宗易だった。

この時、宗易は帝から利休という居士号を賜った。

かくして千宗易は千利休となった。

帝が茶の湯に関心を持ったと思い込んだ秀吉は、翌天正十四年（一五八六）正月十六日、二回目の禁中茶会を開くことにした。

その前日のことである。秀吉は利休とその高弟たちに、明日、禁中に運び込んで使うという座敷を見せたいというのだ。

座敷を運び込むということ自体、異例であり、忠興には、秀吉が何をしようとしているのか見当もつかない。

「あの日、そなたから侘びと形の話を聞き、わしも考えた」

「あの日とは」

「総見院での茶会の折よ」

秀吉が得意げに言う。おそらく相当の自信があるに違いない。

「つまり関白殿下は、己の侘びを見つけられたと――」

「それは分からぬが、あれから、わしはわしなりに侘びというものを考えてみた」

いったん庭に下りた一行は、湿った石畳の上を進んだ。雨上がりの夕暮れ時で、やけに西日がまぶしい。

やがて一行は宝物蔵の前に着いた。

「しばし待て」

利休とその弟子たちは、宝物蔵から五間ほど離れたところで足を止めさせられた。

――何を見せるというのだ。

宝物蔵の観音扉には、西日が強く当たっている。

それが何かの演出であることに、ようやく忠興も気づいた。

意味ありげな笑みを浮かべたまま、秀吉が顎で合図すると、供侍が宝物蔵の鍵を開け、観音扉を左右に開いた。

次の瞬間、まばゆい光が溢れ、見る者の目を射た。

「これは――」

さすがの利休も絶句する。

「どうだ」

そこには、黄金色に包まれた座敷があった。

「座敷の天井、壁、柱、鴨居、障子の腰まで、すべてに金箔を押してみた」

付き従ってきた利休、忠興、氏郷、高山右近、古田織部、山上宗二に言葉はない。

「台子や茶道具も、すべて黄金だ。尤も茶杓と茶筅だけは、茶の味が変わるといけないので、竹製のままだが」

秀吉が利休とその弟子たちを手招きする。

「わしは、以前から鹿苑寺(ろくおんじ)金閣が好きだった。どうせ黄金を使うなら、あそこまで派手に使った方がよい」

もしそれが事実だとしたら、秀吉は極めて短絡的な理由から、黄金で設えられた座敷を作ったことになる。

――何と愚かな。

近づけば近づくだけ、そのけばけばしさは際立ち、忠興は嫌悪感を覚えた。

――これは、侘びとは真逆ではないか。

まぶしさに目が慣れてくると、細部もはっきりと見えてきた。

座敷は平三畳で、畳表には猩々緋が敷き詰められ、さらに障子は、和紙の代わりに真紅の紋紗が張られている。

その黄金と真紅の奔流に、忠興は眩暈さえ覚えた。

「明日の朝、これを禁中に運び込んで組み立て直す」

秀吉の顔には一点の曇りもない。つまりこれこそが、己の形だと確信しているのだ。

左右を見回すと、氏郷は眉間に皺を寄せ、何か考え込んでいるようであり、右近と織部は目を背け、宗二は口を真一文字に結び、怒りを抑えている。

しかし皆、己の意見を控え、利休の一言を待っている。

むろんそれは、「かようなものは、侘びではありませぬ」という一言である。

「どうだ、利休」

何も言わない利休に痺れを切らしたのか、秀吉の方から問うた。

「殿下は――」

そこで利休は言葉を切った。

それは逡巡というよりも、そこにいる者たちに、それに続く言葉を、はっきりと聞かせるためであるような気がした。

「己の侘びを見つけられた」

忠興がわが耳を疑う。

――尊師の真意は、いずこにあるのか。

利休の心中を推し量ったところで、その答えは出てくるはずがない。それだけ利休という男は、とらえどころがないのだ。

一つだけ確かなのは、その言葉が偽りではないことだ。

――つまり尊師は、殿下の侘びを認められたのか。いや認めるどころか、圧倒されておるのではないか。

利休の表情に大きな変化はない。しかしそれが逆に、利休が意表を突かれたことの証になると忠興は思った。

「尊師」

山上宗二が何か言おうとするのを、利休が扇子を上げて制した。

「この利休、今日に至るまでの六十四年の生涯を通じ、かようなまでの侘びを見たことはありませせぬ」

「そうか、そう思うか」

秀吉が、その皺深い相好を崩す。

「これだけのものを設えれば、明日は帝もご満足なされるでしょう」

「本当か」

「はい。これにて禁中での茶会は、恒例の行事として定着するはず」

「そうだな。きっとそうなる」

禁中茶会の成功を確信した秀吉は、会心の笑みを浮かべた。

四

それから一年半ほどの歳月が流れた天正十五年（一五八七）十月一日、秀吉は、再び大がかりな茶会を執り行う。

北野大茶湯である。

この催しは、豊臣政権の京都政庁にあたる聚楽第の落成を記念し、北野天満宮とその境内の松原で行われたもので、前例のない規模の大茶会となった。

禁中での茶会を立て続けに成功させ、茶の湯の権威を確立した秀吉は、さらに己の侘びに自信を持ち、今度は茶の湯を庶民にまで広げようとした。

つまり商人の文化である茶の湯を、上下すべてに浸透させようというのだ。

拝殿内の中央には黄金の座敷を挟んで平三畳の座敷が左右に置かれ、それぞれに「秀吉数十年求め置きし諸道具」、つまり秀吉自慢の茶壺、掛物、茶器、花入、台子の四つ飾りなどが並べられた。

この中には、新田肩衝、初花肩衝、似茄子といった大名物もあり、参加者には、それらの縦覧が許されるという趣向だ。

さらに拝殿内には、秀吉、利休、津田宗及、今井宗久の四人の茶席が設けられ、希望者には籤引きで、いずれかの点前で茶が振る舞われた。

これは一度に三人から五人が茶席に通され、同時に拝服するという仕組みだが、それぞれの茶席は盛況を極め、四人のうちの誰かから茶を振る舞われた者は、この日の午前だけで八百三人に及んだ。

また、「茶の湯に執心する者は、若党（小身の武士）・町人・百姓を問わず、釜一つ、釣瓶一つ、呑物（茶碗）一つでもよいので持ち寄り、北野松原に二畳ほどの座敷を設けよ。貧しい者は、薄縁や筵でも構わぬ」と書かれた高札が、京都・奈良・堺に立てられたので、三都の数寄者たちが、それぞれの侘びを表現する機会を与えられたと言って喜び、北野天満宮に集まってきた。

結局、主会場となった松原には、千五百から千六百に及ぶ数寄者たちが思い思いの趣向を凝らした茶亭を設け、それぞれの形を競い合うことになった。

午前中、秀吉は己の設えた茶席に着き、公家だろうが庶民だろうが、分け隔てなく茶を振る舞った。しかし、松原の方から聞こえる賑やかな声に気もそぞろとなり、午後になると、松原を回ると言い出した。

これにより、秀吉は見物に出かけてしまい、その茶席は閉鎖された。

気まぐれにもほどがあるが、秀吉の籤を引いた者たちにも茶を振る舞わねばならない。利休ら三人の茶人は、午後になってからも、それぞれの茶席で茶を点て続けた。

一方、賑やかなものを何より好む秀吉は、供の者を多く引き連れ、松原の中の茶亭を見て回った。

そこには、公家の設えた屋根付きの立派なものから、美濃の一化の松葉囲い、京都の丿貫の朱塗りの大傘など、様々な趣向を凝らした茶亭が所狭しと立ち並び、それぞれの侘びを競い合っていた。

秀吉は上機嫌でそれらを見て回り、気に入った茶亭に上がり込んでは、茶を振舞ってもらった。

ところが申の刻（午後四時頃）、急使が着く。

北野大茶湯では、一切の政治・軍事面での話を無用としていたが、緊急の知らせだけは別だった。

飛札を読む秀吉の顔が、好々爺然としたものから、みるみる武人のものに変わっていく。よからぬ知らせなのだ。

険しい顔のまま振り向いた秀吉は、付き従っていた家臣や諸大名に向かって告げた。

「九州で一揆が蜂起した」

佐々成政の領国・肥後で国人一揆が勃発し、その規模が拡大の一途をたどり、遂に成政だけでは手に負えなくなり、秀吉に救援要請が届いたというのだ。

秀吉は厳しい声音で、畿内以西に所領を持つ諸大名に、出陣支度を整えて待機するよう命じた。

これにより、十月一日から十日間にわたって行われる予定だった北野大茶湯は、この日一日だけとなる。

様々な手配りをした後、秀吉は大坂城に戻っていった。

この催しに参加していた者たちに中止が伝えられると、皆、落胆の色を隠しきれず、帰り支度を始めた。

茶の湯の広がりを見る上で、これほどの催しはないと思っていただけに、忠興も少し残念だったが、肥後の状況を思えば致し方ないのも分かる。

忠興が拝殿まで戻ると、客もまばらとなった拝殿内の茶席で、利休が一人、瞑目していた。

「尊師」

「与一郎殿か。まずはこれへ」

利休に指示されるままに忠興が客座に着くと、利休は茶を点て始めた。その所作は普段と変わらず、まさに流れるようだ。

「武家は、気苦労が多い稼業ですな」

「それでは、肥後の件はすでにお聞きで」

「はい。気まぐれな関白殿下のこと。かような大行事を十日も行えぬとは思うておりましたが、これだけ都合よく、渡りに船の話が舞い込むとは思いませんでした」

　利休が皮肉っぽい笑みを浮かべる。

「それがしも、出陣の支度を命じられました」

「まあ、国衆相手なので大事には至りますまい」

「仰せの通り。九州の大小名だけで何とかなりましょう」

　二十五歳になり、戦慣れしてきた忠興も、そうした予測ができるようになった。

　すでに津田宗及や今井宗久の茶席では、給仕（片付け）が始まっていた。気づくと日は西に傾き、絡まるように繁茂する松原の影は拝殿前へと長く伸びている。

　利休と二人きりになる機会は、ここのところ減ってきている。しかも今、周囲に人はいない。それゆえ忠興は、この機にあのことを問うておこうと思った。

「尊師」

　眼前に差し出された黒楽茶碗の中では、いまだ濃茶が渦を巻いている。利休の茶筅さばきにかかると、なぜか、いつまでも緑の渦が消えない。

「それがしは、茶について分からなくなってきました」

聞いているのかいないのか、利休は黙したままだ。

「尊師が関白殿下に教えてきた侘びと、われらに教えてきた侘びは、異なるように思えます」

清水（きよみず）の舞台から飛び降りるつもりで、忠興は長年の疑問を口にした。

「そうですか」

利休が苦笑を漏らす。

「はい。これは、尊師のお心に何か深慮があってのことではないかと思い――」

「与一郎殿」

「はっ」

いよいよ利休の真意が聞けると思い、忠興は身を乗り出した。

「茶とは、かように考えても詮ないものです」

利休が、寂しげな笑みを浮かべる。

「茶とは、しょせん茶でしかない。人が命を懸けるほどのこともありません。命を懸けたところで、達せぬものもありますからな」

そう言うと利休は、茶亭の裏に控えていた家人を呼んで給仕を命じた。

——それは天賦の才ということか。

忠興には、利休の真意が分からない。

「与一郎殿、せっかくの茶だ。喫していかれよ」

「はい」

利休の言葉に従い、忠興は茶を喫した。

利休の点てる茶は、馥郁（ふくいく）たる香りと苦みが渾然一体となり、絶妙の味わいを醸している。

——これほどの茶を点てられる男に、達せられぬ境地などあろうはずがない。

しばし瞑目して茶の味を反芻（はんすう）した後、忠興が目を開けると、すでに利休の姿はなかった。

五

「まさか、宗二か」

秀吉の甲高い声が、早雲寺の境内に響きわたった。

北野大茶湯から二年半後の天正十八年(一五九〇)四月、秀吉とその率いる十万余の大軍は、北条氏の本拠である相州小田原城を囲んでいた。

秀吉が本陣とした箱根湯本の早雲寺に連れてこられたのは、かつての利休の高弟・山上宗二である。

「お久しゅうございます」

怒りを押し殺したように、宗二が頭を下げる。

北条氏の使者としてやってきた宗二だが、その扱いは捕虜同然で、腕を背後に回された上、幾重にも縄掛けされていた。

「いやいや、こいつは驚いた」

いかにも参ったと言いたげに、秀吉は己の額を軽く叩きつつ、宗二を眺め回した。

「生きておるだけでも驚いたが、まさか敵方に身を投じておるとはな」

かつて宗二は秀吉の茶頭をしていたが、歯に衣着せぬ物言いによって勘気をこうむり、高野山に追われた。ところがその後、身の危険を察知して高野山を出奔し、小田原城に入り、北条氏の茶頭に収まっていた。

豊臣政権と敵対する北条氏の許に逃げ込んだということだけでも、秀吉としては許せないに違いない。

その気持ちを察することもせず、使者に立つという宗二の神経は、忠興にとって理解し難い。

「宗二、それで此度は何しに参った」

「和睦の使者として参りました」

「ほほう。それで玉澗の『遠浦帰帆図』を土産に持ってきたというわけか」

秀吉が相手をからかうような笑みを浮かべる。

「今更、わしが北条の者どもを許すと思うか」

すでに小田原城は蟻の這い出る隙間もなく包囲され、関東各地に広がる北条氏の支城群も降伏開城し始めていた。この状態で赦免を願い出ても、許されないのが戦国の掟である。

「城内には罪もない民が多数おります。せめて、その者たちだけでも救うていただきたいのです」

「小田原城に籠る者は、すべて天朝に弓引く逆賊だ。さような者どもを根絶やしにすることこそ、天朝から弓矢(きゅうや)(軍事指揮権)を託されたわしの務めだ」

天朝という言葉を発する度に、秀吉は薄い胸板を反り返らせた。

「北条氏も一族の没落は覚悟しております。ただ、小田原城に逃げ込んだ罪なき民を救っていただきたいだけです。さすれば城を開くと申しております」

「戯れ言もたいがいにせい。すでに惣懸(そうがか)りの命を下したわ」

「お待ち下さい。民に対して慈悲の心を持つことこそ、天下人の本分ではありませんか」

「何だと」

秀吉が目を剝く。

――これは無理だ。

居並ぶ大名の一人として二人のやりとりを聞いていた忠興は心中、ため息をついた。

宗二の言葉は常に説教じみており、相手の神経を逆撫でする。それが原因で秀吉の勘気をこうむったことを、いまだ宗二は分かっていないのだ。

宗二を使者にせざるを得なかった北条氏にも、同情すべき点はある。

北条氏は長きにわたって上方との交流を断ち、関東だけをすべての天地のように支配してきた。その結果、豊臣政権との懸け橋になり得る人材はなきに等しく、和睦したくとも、誰に交渉を任せていいのか分からないのだ。

——それでも宗二はないだろう。

宗二を和睦交渉の使者に立てねばならない北条氏に、忠興は深く同情した。

「今、天下人の本分と申したか」

秀吉の金壺眼が冷たく光る。

「はい。天下人として慈悲の心を示してこそ、東国の民は関白殿下に心の底からひれ伏しましょう」

「はははは」

秀吉が扇子を叩いて哄笑したが、それを意に介さず宗二は続ける。

「殿下は茶人でもあらせられます。茶人は静謐を好み、戦を厭うはず。何卒、茶人の心を思い出し、矛を収めていただけませぬか」

——馬鹿な男だ。

宗二からすれば、秀吉に茶人の心を思い出させ、慈悲を請う以外に方法はないのかもしれない。しかし、秀吉の茶を常に嫌悪してきた宗二が、今更、茶人の心など説いても、秀吉の怒りを買うだけだ。

「かつてそなたは、わしの茶を馬鹿にしておったではないか」

宗二が言葉に詰まる。

「それを今更、茶人の心を思い出せだと」

「いかにも殿下の茶は間違っておりました。しかし――」

――もう駄目だ。

忠興は目を伏せた。

「ほざけ！　そなたの茶こそ、間違っておったではないか」

秀吉が広縁から立ち上がる。

「そなたのような、客に不快な思いをさせるような茶を誰が楽しめる」

宗二の顔に朱が差す。元来が短気な宗二である。これで決裂は明らかとなった。

「おのれ、藤吉――」

獣のうめくような声が境内に満ちる。その憎悪と怨念の籠った声音は、そこにいる者すべてをぞっとさせた。

「宗二、今、何と申した」

秀吉は、その小さな拳を震わせている。

「藤吉、そなたの茶など品性の欠片もない下人の茶だ。そなたなど、一生かかっても茶の道の入口にも達せられぬ」

「何だと」

ただでさえ皺深い秀吉の眉間に、不動明王のような深い皺が刻まれる。

「よくぞ申した。わしの茶は、そなたの師である利休が伝授したものだぞ。それを否定することは、そなたの茶をも否定することだ」

秀吉の言葉にも一理ある。しかし利休は、秀吉と宗二に異なる道を教えていたのだ。

「それは違う。尊師は――」

「黙れ！」

その怒声は、秀吉の傍らに座していた利休のものだった。

「宗二、そなたの茶ほど下卑たものはない」

「尊師、何を仰せか」

予想もしなかった利休の言葉に、宗二は愕然として言葉もない。

「関白殿下の茶こそ侘びの極致であり、そなたの茶など、下人でさえ吐き出すほどの代物だ」

「尊師、何ということを——」

宗二の顔が悲しげに歪む。

「ははは。宗二、聞いたか。そなたの茶ほど下卑たものはないのだ」

秀吉が、勝ち誇ったような笑い声を上げる。

宗二は、すべてをあきらめたかのように首を左右に振ると言った。

「尊師、いいや利休。そなたの本音が読めたぞ。そなたは藤吉を下卑た道に誘い、後世の笑い者にしたいのだ。何と醜い心根だ。かような者を尊師として仰いできたわしが愚かであった！」

——そうか。そういうことか。

忠興は一瞬、そう思ったが、それだけではないような気もする。

「藤吉、そなたは利休にだまされておるのだ。それがまだ分からぬとは、希代の阿呆よの。しかも藤吉、利休はそなたを陥れようとしておるのだぞ」

秀吉が利休に顔を向ける。

「利休、どういうことだ」

「殿下、かような者の言に惑わされてはなりませぬ」

そう言うや利休は、今年で六十九歳になったとは思えない素早い身ごなしで広縁を走り下り、宗二の頭を地に押し付けた。宗二は身悶えしつつ、なおも何か言おうとするが、言葉にならない。

「宗二、そなたは何も分かっておらぬ！」

これまで一度として見せなかった利休の荒々しい一面に、居並ぶ者たちは慄然となった。

「殿下、かような者は、もはや弟子ではありませぬ。早く首を打たれよ」

「首とな」

一瞬、啞然としていた秀吉だが、狡猾（こうかつ）そうな笑みを浮かべると言った。

「利休、そなたは、その手で弟子を殺せるか」

今度は、利休の顔色が変わる。

「宗二の鼻と耳をそぎ落とした上、そなたの手で宗二を殺せるなら、これまで同様、わしはそなたを信じよう」

秀吉は鞘ごと脇差を抜くと、広縁の上からそれを投じた。

宗二と脇差を交互に見比べていた利休が、意を決したように言う。

「分かりました。しかし居並ぶ皆様方に、宗二の見苦しい最期だけは見せたくありませぬ。どうか猿轡をお許し下され」

秀吉がうなずくと、背後から近寄った足軽が、手際よく宗二の口に猿轡を嚙ませた。

それを振り解いて何か言おうとする宗二だが、もはや言葉にならない。

――何とむごい。

忠興は目を背けたかったが、そんな態度を取れば、秀吉の沙汰を批判していることになる。それゆえ無理に目を見開き、暴れ回る宗二を見つめ続けた。

やがて事が終わった。

利休はその手で、かつての愛弟子を殺した。

ただし、心臓に一刺し入れてから鼻と耳をそぎ落としたので、苦痛はさほどではなかったはずだ。

鼻と耳をそぎ落とされた宗二の顔は朱に染まり、もはや識別も困難になっている。

その一部始終を見ていた諸侯は水を打ったように静まり返り、さすがの秀吉も、殺してから鼻と耳をそぎ落としたことについて非難はしなかった。

「利休」

「はっ」

肩で息をしつつ茫然と宗二の遺骸を見下ろしていた利休が、秀吉に向き直る。

「見事であった」

それだけ言うと、秀吉は奥に下がっていった。

それから三月後、小田原城は降伏開城し、北条氏は滅んだ。

これにより関八州を手に入れた秀吉は、まごうかたなき現世の支配者となった。

六

秀吉は望む物すべてを手に入れた。国内には秀吉の野望の対象はなくなり、秀吉の目は外に向けられる。

北条氏が滅んで間もない天正十八年九月、大坂城での大軍議において、秀吉は「唐入り」を宣言する。これを聞いた諸侯は、その壮大な野望に唖然とした。

興奮が収まった後、われに返ったように秀長が反対する。病を押して大軍議に出席した秀長は、息を切らしながら「唐入り」に利がないことを説く。

続いて諸将の多くも慎重論を唱えた。むろん「しばし時機を待ち、豊臣政権が盤石となってからでも遅くはありませぬ」という消極的な反対意見である。これに対して秀吉は、己が陣頭に立てる今だからこそ、明を討ち果たせると主張する。

議論は平行線をたどったが、こうなると自説を曲げないのが独裁者の常だ。

もはや政治や軍事面から論じ合っても埒が明かないと見た秀長は、「それでは利休居士のご意見をうかがったらいかがでしょう」と水を向けた。

軍議ということもあり、茶坊主のように襖の際に座していた利休は、おもむろに膝をにじると、あの染み入るような声音で言った。

「殿下の思いのままになされよ」

「何だと」

秀長が唖然とする。

よもや利休が「唐入り」を勧めるなどと思っていなかった諸将は、一様に驚き、左右と顔を見合わせている。

秀長が利休に真意を問うと、利休は「殿下が唐土を制するのは、天意によるもの」と言いきり、秀長ら反対派諸将を怒らせた。

それまで良好だった秀長と利休の関係が悪くなったのは、この時からだった。

それでも秀長は口を極めて「唐入り」の愚を説いたが、秀吉は聞き入れない。

実は事前に相談をした利休から、「唐土を制し、大陸の名物という名物をすべて集めれば、殿下の侘びは極まり、殿下は、真の天下人となられるでしょう」と吹き込まれていたからだ。

なぜこの時、利休が秀吉の背を押すようなことを言ったのか、忠興には分からなかった。いずれにせよ渡海軍の一将に任じられた忠興は、それを考える暇もなく、出征の準備に掛からねばならなかった。その多忙にかまけて、忠興は利休の真意について考えるのをやめた。

それを再び思い出させたのが、同年九月二十三日の聚楽第での茶会だった。

この茶会は、利休が黒田如水を招く形で行われた。

秀吉は別格の座にあたる床の上に、氏郷と忠興は、それぞれ次客と三客の座を与えられた。

如水は領国の豊前に戻り、秀吉から命じられた肥前名護屋城の経始（測量と着工）に入らねばならず、しばらくの間、都に戻ることができない。それゆえ、秀吉が惜別の茶会を設けたのだ。

秀吉はこの茶会の室礼を自ら行うと言い、利休に一切、手出しさせなかった。

聚楽第の一室に設けられた数寄屋に、利休と共に入った忠興は、秀吉の室礼を見て啞然とした。

――これは、尊師が殿下に教えてきた侘びではない。われらに教えてきた侘びではないか。

床には、北条氏から召し上げた玉澗筆の「遠浦帰帆図」の大軸が掛かり、鴫肩衝の茶入と紹鷗天目を置き合わせている。

最も注目すべきは、床の薄板の上に置かれている、長曽呂利に活けられた一輪の野菊だった。

――見事な形だ。

忠興は声も出ない。

——まさか、これを殿下が。

同じ疑問を利休も持ったらしく、その顔色が変わっている。

それでも利休は平然と点前座に着くと、床まで膝行し、さりげなく野菊を手に取り、脇に置いた。

しばし花入と大軸を眺めた後、利休が点前座に戻ると、秀吉の嗄れ声が聞こえた。

「野菊が気に入らぬようだな」

利休は何も答えず、平然と炭点前を行っている。

凍てつくような緊張が走る。

「利休よ、この座に野菊はそぐわぬか」

「はい」

ようやく利休が返事をした。いつものように落ち着いた声音だった。

「これは、殿下の侘びではございません」

「わしの侘びではないと申すか」

「はい。かような野菊など、殿下の侘びにそぐいませぬ」

「わしの侘びは、やはり黄金の座敷にあるというのだな」

「いかにも」

利休が自信を持って首肯したが、秀吉は首を左右に振ると言った。

「利休よ。わしはそなたを師と仰ぎ、そなたに教えられるままに心眼を鍛えてきた。それは茶の湯にとどまらず、心のありようすべてにおいてだ」

秀吉が言葉を切り、陪席（ばいせき）する者たちを見回したので、忠興は慌てて目を伏せた。

「だが利休、どうやら、わしに教えてきたことと、そなたが弟子たちに教えてきたことは違うようだな」

「いいえ」

利休が動作を止めた。帛紗を放るように置いたことから、ここが勝負所と見切ったに違いない。

「侘びとは人それぞれ。弟子一人ひとりにも、そう教えてきました」

「それは本当か。のう飛州」

秀吉の矛先が氏郷に向く。

「あっ、いや――」

「与一郎はどうだ」

忠興は黙ってうつむくしかない。

――これを問うために、殿下はわれら二人を陪席させたのか。

忠興は、ようやくそのことに気づいた。

「利休よ、そなたは何のために、わしに誤った侘びを教える」

「侘びに正しいも誤りもありませぬ」

「黄金の座敷も侘びと、そなたは言いきれるのか」

「はい」

その時、誰かを押しとどめようとする同朋たちの声が聞こえてきた。

「何事だ」

秀吉が問うまでもなく、同朋の手を振り解きつつ秀長が現れた。

「小一郎、どうした」

秀吉の顔つきが一瞬にして変わる。

「兄上――」

秀長がその場に膝をつく。すでに息が上がっている。その青白い顔を見れば、病がかなり進行しているのは明らかだ。

「小一郎、無理するでない」

座を立った秀吉が、秀長の許に駆け寄る。

「養生せねばならぬと、あれほど申し聞かせたであろう」

「分かっております。ただわが命よりも、豊臣家の行く末が大事」

「行く末だと」

「唐土への出兵など、おやめ下さい」

「また、それか」

秀吉の顔に、うんざりした色が浮かぶ。

「仮に唐土を制することができても、長く保てるはずがありませぬ。兄上の残された仕事は、この国を静謐に導くことではありませぬか」

「それは、分かっておる」

その時、秀長は、利休がそこにいることに気づいた。

「兄上、いまだかの者に取り込まれておるのですか。かの者は、兄上を誤った方向に導こうとしておるのですぞ」

「そんなことはない。利休は茶頭にすぎぬ」

「いいえ。かの者の心の内は読めております。兄上の茶を後世の笑いものにすべく、兄上を真の侘びから遠ざけ、さらに兄上を現世からも駆逐すべく、唐土に兵を進めさせようとしておるに違いありませぬ」

秀長が憎悪にたぎった眼差しを向けても、利休は無言で端座している。

「兄上、かの者の邪悪な目をご覧下さい。あれこそ兄上に巣食う魔に相違なし！」

「分かった。分かった。もうよい」

利休ににじり寄ろうとする秀長をなだめつつ、駆けつけてきた近習たちに、秀吉が目で合図した。近習たちは秀長の肩を押さえ、その場から連れ出そうとする。

「兄上、この者には、くれぐれもお気を付け下され。この者は――」

なおも利休への罵倒を続けようとした秀長だったが、小姓や近習に二重三重に取り囲まれると、別室に連れていかれた。

それを見送った後、座に戻った秀吉は寂しそうに言った。

「法印たちによると、もう長くはないそうだ」

そのことは、豊臣政権内の誰もが知っている。

「利休よ」

秀吉の声音に厳しさが戻った。

「今一度、黄金の座敷で茶を点ててくれぬか」

「分かりました」

「それで、すべてを決しよう」

「はい」

二人の会話は、それで終わった。

しかし肥前名護屋城の普請の件で秀吉が多忙を極め、さらに翌天正十九年（一五九一）正月に秀長が没することで、黄金の座敷を使った茶会は度々、延期された。

ようやく黄金の座敷で茶会が開かれたのは、秀長の葬儀と法要が一段落した後の、二月になってからだった。

七

初めて見た時と何ら変わらず、黄金の座敷は妖しい光を放っていた。

空気の澄んだ冬の夜なので、その存在はいっそう際立って見える。

大坂城山里曲輪の一角に茶席を設えさせた秀吉は、その四囲に多くの篝を焚かせ、黄金の座敷をくまなく輝かせた。

さらに眼下の堀際や極楽橋にも三間あたりに一つの大篝を置いたので、周囲は昼と見まがうばかりの明るさである。

二月の空気は冷え冷えとしているが、篝の近くは夏の夜のように暖かい。

利休の点てた茶を飲んだ秀吉が、ため息交じりに言った。

「いつものことながら、実にうまい。しかも、黄金の座敷で飲む茶は格別だ。のう利休」

それには答えず、利休は風炉の炭火を確かめている。

「茶の湯というものは奥が深い。深すぎて、わしのような下賤の出の者には分からぬことが多すぎる。それを教えてくれるのが、そなたのような茶頭だ。それによって、茶の湯の何たるかが、多少は分かった気がしてくる」

相伴の座に控える忠興にも、決着の時が迫っているのが分かった。それは傍らに座す氏郷も同じらしく、先ほどから、その緊張が空気を伝わってくる。

「弟子の茶は師匠あってのものだ。師匠次第で、いかようにも弟子の茶は変わる」

利休は沈黙し、何の返事もしない。

篝にくべられた薪の弾ける音が、冷たい夜空に響く。

「利休、そなたはわしに侘びを教えると言いながら、実は侘びなど教えていなかった。そなたは侘びの境地に、わしを近づけたくなかったのだ」

秀吉の声音が槍先のように鋭くなる。

「それはなぜだ。わしのような下賤の者には、それが許されぬとでも言いたいのか」

詰めの座で目を伏せていた忠興が少し顔を上げると、秀吉は立ち上がり、拳を固めていた。その鼻先から吐かれる息が白い。

「殿下」

ようやく利休が口を開いた。

「侘びは、それがしだけが司るものなのです」

利休が確信に満ちた口調で続ける。

「殿下は現世の天下人。それがしは心の内を支配する者です。互いの領分に踏み込まぬことこそ、肝要ではありませぬか」

「ははは、よく言うわ」

　秀吉の顔に朱が差す。

「現世をも操ろうとしたのは、そなたの方ではないか」

「仰せの通り」

　この時、忠興は利休が死を覚悟していると覚った。

「そなたは、わしの目を唐土に向けさせた」

「いかにも、『唐土を制し、この世の名物という名物をすべて集めれば、殿下の侘びは極まり、殿下は、真の天下人となられる』と申しました」

「そうであったな。わしは、まんまとその言に乗せられたわ」

「はい。それを邪魔立てしようとした宗久は失脚させましたが、宗二には少してこずりました」

　信長在世の頃、商人茶人として頂点を極めた今井宗久だったが、秀吉の時代になると、利休との駆け引きに敗れて遠ざけられた。というのも宗久は武器を多く取り扱っていたので、戦乱がやまぬことを願っており、利休の考えとは相反していたからだ。

「宗二にはてこずった、か」

口端に嘲るような笑みを浮かべた後、秀吉が糾弾するように言った。

「そなたは、その手で愛弟子を殺したのだぞ」

「この国のためであれば、殿下でさえ殺します」

「こいつは参った」

二人の哄笑が、篝に照らされた夜空に響きわたる。

「そなたはそこまでやる男だ。あの時も見事にしてやられたわ」

「そうでありましたな」

利休が何かを思い出したように相好を崩す。

忠興には何のことだか分からない。

「見事にしてやられたわい」

「さもなくば、かの男により、この国は焦土と化しておりました。あの時、かの天魔を倒して世を静謐に導けるのは、殿下しかおりませんでした。それゆえそれがしは、幽斎殿を通じて明智めを――」

――かの男、天魔、そしてわが父と明智殿。ということは、まさか。

「もうよい」

詰めの座にいる忠興と氏郷の存在を思い出し、秀吉が利休を制した。

――何ということだ。

あまりの恐ろしさに、忠興は全身の震えが止まらなくなった。

――尊師は父上と語らい、明智をそそのかして右府様を討たせた。しかも尊師は事が成った直後、備中高松城を囲む殿下に、それを伝えていた。それゆえ殿下は、あれだけ早く畿内に戻ってこられたのだ。

忠興はその場から逃げ出したかった。しかし体は石のように重く、指先一つ動かせない。

「利休、そなたは、わしを使って現世を支配しようとした。心の内だけなら許せたが、現世までも支配しようとした罪は重い」

「ははは」

利休の笑いが天空を駆ける。

「何を仰せか。殿下は、それがしのおかげで天下を取れたのではありませぬか。右府様はもとより、明智を、長宗我部を、佐々成政を、織田信雄を、そして小田原北条を陥れることができたのは、誰のおかげか！」

利休の声が熱を帯びる。

「それらのことをお忘れになられたか。それがしの知恵なくして、豊臣家を後代まで伝えることなどできませぬぞ。それを最もご存じなのは、殿下ではありませぬか」

利休が最後の札を切った。

――そういうことか。

秀吉は、豊臣政権の政治面を弟の秀長に、軍略面を黒田如水に、文化面を利休に託していた。だが利休は、謀略面をも担っていたのだ。

「殿下、己の力を過信してはいけませぬ」

利休の謀略は次々と功を奏し、秀吉は天下人となった。しかし秀吉は欲という魔に取り付かれ、己一個に富を集めんとした。そのため、民への苛斂誅求（かれんちゅうきゅう）は言語を絶するものとなった。

農民たちは年貢を絞り取られるだけでなく、長期にわたる土木工事に駆り出され、農地は疲弊した。

――それを見かねた尊師は、背に腹は代えられず、殿下の関心を唐土へと向けさせたというわけか。

忠興の脳裏に、すべての構造が輪郭を持って浮かんできた。

つまり尊師は、茶の湯によって、戦国の世を終わらせようとしていたのだ。

忠興がそれに気付いた時、秀吉がぽつりと言った。

「もうよい。そなたとのことは、これでしまいにしよう」

「それで殿下は、よろしいのですか」

「構わぬ。わしも学んだ。そなたがおらずともやっていける」

「それでは、唐土への出兵をやめられるのですね」

「いいや。わしは唐土の王になり、現世と心の内の双方を支配する」

「殿下だけのお力で、その大業は成せませぬぞ」

「いかさま、な。しかし――」

突然、秀吉の視線が忠興と氏郷に向けられた。

「この二人は、そなたのよき弟子だというではないか」

利休の顔色が変わる。

「まあ、飛州は武辺者ゆえ多くは望めぬが——」

秀吉の金壺眼が忠興に向けられた。

「与一郎の侘びは、師匠の利休によう似ておると聞く」

「ははははは」

利休が再び高笑いした。

「迂闊でござった。そういう手がありました。しかし、よくぞ与一郎の才を見抜きましたな」

「与一郎は、そなたの弟子というだけでなく幽斎の息子だ。悪知恵ならいくらでも回ろう」

「恐れ入りました」

利休が深々と頭を下げる。

——何ということだ。わしが、尊師の跡を継いで謀略をめぐらすというのか。

知らぬ間に秀吉の謀臣とされた忠興は、茫然とするしかない。

「利休、覚悟はできておるな」

「もとより」

すでに利休は死を覚っていた。

謀略によって信長を殺した時から、おそらく利休は、いつか己に死が訪れるのを知っていたに違いない。古来、権力者は何もかも知る側近を殺すのが常だからだ。

しかし利休は国内から戦乱がなくなり、民が幸せに暮らしていければ、それでもよいと思っていた。確かに、秀吉の目を大陸へと向けさせれば、出征させられた多くの兵が死に、現地の民が迷惑をこうむる。だがそうしなければ、暴走を始めた豊臣政権を疲弊失速させることはできないと思ったのだ。

朝鮮の戦場を知る忠興には、利休の苦衷がよく分かる。

「そなたが死した後、飛州にそなたの血縁者を庇護させ、後に茶の湯の正統として取り立てよう」

「過分なお取り計らい、心より御礼申し上げます」

「ところで、そなたを殺す名目だが――」

「それなら、ちょうどよいものがございます。大徳寺山門の金毛閣（きんもうかく）をご存じか」

殺す者と殺される者は、雑談をしているかのように淡々と話を進めていた。

次第に二人の声は遠のき、忠興は自問自答していた。
――わしに尊師の代わりが務まるのか。いや、務めることに利があるのか。
その迷いを見透かしたがごとく、篝は風に身悶え、黄金の座敷を妖しく輝かせた。

八

曇天の隙間から差す日が、宇治川の川面を鈍色に輝かせていた。
相変わらず伏見城からは、賑やかな笛や太鼓の音が聞こえてきている。
――殿下が舞を披露しているに違いない。
すでに秀吉は、一夜で能十番を舞うことさえ苦にならぬほどの舞達者になっていた。
――それにしても、あまりに酷ではないか。
死を待つだけの氏郷と、生を謳歌する秀吉たちの落差は、あまりに大きい。
「だが与一郎殿、殿下は貴殿を重用せず、遠ざけたな」
「いかにも。大和大納言（秀長）と尊師の死をきっかけにして、台頭を目論んでいた俗吏どもにしてやられました」

俗吏どもとは石田三成ら奉行衆のことだ。しかし忠興には、すでに豊臣政権の先行きが見えていた。それゆえ秀吉に取り入り、その謀臣に収まるなど真っ平ごめんだった。

秀吉から何か下問されても、わざと凡庸な返答を繰り返した忠興は、やがて秀吉から遠ざけられていった。

「しかし、一つだけ不思議なのだが」

氏郷が首をかしげた。

「どうして尊師は、侘びとは逆の方向に殿下を導く必要があったのだ」

「己の領分に立ち入らせたくなかったからでしょう」

「いや、殿下に数寄者の才がないなら、その必要もないではないか」

「えっ――」

「尊師は、殿下の才を見抜いていたのではあるまいか」

「殿下の才とは」

「茶の湯に収まらぬ美に対する眼力（感覚）よ」

忠興は、これまで一度として、秀吉にそうした才があるなどと考えたことはなかった。秀吉は文化芸術的なものに関しては、木偶にすぎないと思い込んでいたからだ。

「あの黄金の座敷を見た時、わしは、これこそ侘びの行きつく極まりの一つだと思うた。おそらく――」

氏郷は、荒い呼吸を整えると言った。

「尊師も、そう思ったはずだ」

心眼を鍛えていない者にとって、黄金の座敷とは最も下卑た趣向に思える。しかし、そうした物の中にこそ、真の侘びは宿っているのだ。

――それに殿下は気づいた。いや、殿下は黄金の中に眠る侘びを引き出したのだ。

「つまり侘びとは――」

「そうだ。尊師もわしも、あの時、殿下によって気づかされたのだ。侘びとは――」

氏郷が咳き込んだので、その半身を起こして背をさすってやると、しばらくして咳は収まった。

「わしも、もう少し生きられたら、己の侘びを見出し得たかもしれぬ」

「何を仰せか。まだまだこれから――」

「気休めは言わんでいい。いずれにせよ侘びとは、何かの偶然がなければ見つけられぬものだ」

「尊師は殿下を誤った方向に導こうとした。しかし尊師は、図らずも殿下の才を開花させてしまったということですね」

「そういうことになる」

　黄金の座敷こそ、秀吉が見つけた侘びの極致、すなわち秀吉形だったのだ。

「殿下も己の才に気づいた。殿下は現世の支配者でいることが馬鹿馬鹿しくなり、演能にのめり込んでいった」

　秀吉は貧しい幼少年時代を送った。それゆえ食べていくのに精一杯で、己の才に気づく暇もなく、己の才を磨くこともできなかった。しかし、ひとかどの武将となり、様々な芸事に接していくうちに、突然、その才が花開いた。それは爆発的な開花となったが、年老いてから腕を上げられるのは、茶の湯と演能しかなかった。

　忠興に言葉はない。

「尊師は、己の命が尽きた後も美の支配者でいたかったのだ」

――何という御仁か。

利休は、美の支配者として永劫の命を得ようとしていた。それゆえ秀吉が、己を越える境地に達することだけは、我慢ならなかったのだ。

「今思えば、殿下と尊師は、それぞれ見事に補い合う関係だった。割れ茶碗のようにな」

「割れ茶碗と――」

「そうだ。しかし互いに形を変え、次第に割れ口が合わなくなったというわけだ」

二人は、忠興や氏郷のような凡人が及びもつかないような境地で、激しいせめぎ合いを続けていたのだ。

「尊師が死して後、殿下の茶の湯への情熱は一気に冷めた。それはそうだろう。侘びの境地に達したのだ。これ以上、何を求める」

「それゆえ殿下は、演能に傾倒していったのですね」

「そういうことになる」

弱々しげなため息をつくと、氏郷は続けた。

「これで尊師は、美の支配者として未来永劫、その名をとどめることになるだろう」

己の肉体は滅ぼされても、これ以上、秀吉が己の領分に踏み込んでこないと、利休は見切っていたに違いない。

忠興には分からないことだらけだった。それゆえ、最も知りたい一つのことだけを、どうしても問いたかった。

「殿下は、茶や能に何を求めているのでしょう」

「求めておるのではない。殿下は何かから逃れようとしておるのだ」

「いったい何から——」

「おそらく、己からではないか」

そこまで言うと、氏郷は目を閉じた。

——己から逃れる、とは。

持たざる者として生まれた秀吉は、血のにじむような努力を重ねて多くを得てきた。しかし得た物はあまりに多すぎ、それを守らねばならない立場に追いやられた。そうした重荷から解き放たれたいと思うものの、そうもいかない秀吉は、一時的に別の何かに逃避することで、それを誤魔化そうとしたのだ。

――いや、待て。それだけではない。殿下は、己の重ねてきた悪行から逃れたいのではないか。

しばらく黙していると、弱々しい寝息が聞こえてきた。

先ほどのんだという薬が効き、氏郷は夢境をさまよっているのだろう。もしかすると、すでに現世とあの世の境で、利休と対話しているかもしれない。

氏郷の寝顔から目を転じた忠興は、宇治川に目を移した。

中天にあった日は、やや西に傾き、淡い光を投げかけている。その下を、わずかな澪（みお）を残し、漁民の小舟が行き来している。

空を見上げると、かまびすしい鳴き声を上げつつ、鳥たちが群れを成して飛んでいく。

常と変わらぬ日常が、そこでは繰り広げられていた。

――尊師、どうやら殿下を道連れにしましたな。

老いた秀吉は、急速に政治や軍事への関心を失ってきている。やがて病床に就き、さほど遠くない先、死が訪れるだろう。その時、豊臣家の屋台骨は相当、傷んでいるはずだ。
利休は利休のやり方で、秀吉と刺し違えたのだ。
——利休形か。
しかし忠興は、利休に倣うつもりはなかった。
忠興は、己の形を見出すべき時が来たと覚っていたからだ。

天下人の茶　第二部

一

信長の天下統一事業は、一時的に苦戦を強いられることはあったものの、おおむね順調に進んでいた。

西国方面の軍管区司令官を託された秀吉は、天正五年（一五七七）十二月、但馬・播磨両国の攻略で成果を上げ、信長から乙御前釜（おとごぜがま）を拝領した。さらに「茶の湯張行」の許しを得て、いつでも茶会を開ける身分になった。

信長の「御茶湯御政道」の始まりである。

しかし茶の湯の難しさは道具にある。すなわち道具に取り合わせの妙がないと、無粋な茶会になってしまうのだ。

初めての茶会に牧谿の軸や乙御前釜を使いたい秀吉は、その名物二品に見合った茶道具を集めるのに苦労していた。それゆえ大金を払って「四十石（しじゅっこく）」と呼ばれる名物茶壺を手に入れた時は、天にも昇るほど喜んだ。

これにより、ようやく「茶の湯張行」の体裁を整えることができた秀吉は、天正六年（一五七八）十月、別所長治の籠る播磨三木城を囲んだまま、口切の茶会を開催する。この茶会には津田宗及を招いたが、今井宗久や千宗易には声をかけなかった。宗久は信長のお気に入りなので遠慮するのは当然だが、宗易には、何とも言えない危険な匂いを感じたからだ。

いずれにせよ秀吉は、口切の茶会を行うことで、名実共に織田家の重臣として、周囲から認められるようになった。

天正八年（一五八〇）正月、苦戦の末に三木城を落とした秀吉は、二月、本拠の近江長浜城に戻って二度目の茶会を開く。さらに天正九年六月には、第二の拠点である姫路城が完成したので、それを祝して大茶会を開催した。

この時、尼子天目と呼ばれる灰被（はいかつぎ）天目を手に入れた秀吉は、それを見た瞬間、絶句した。

――宗及から聞いた「名物を見る目は突然、開眼する」という言葉は、本当だったのだな。

これまでの秀吉は、名物を見て「美しい」とは思っても、心を打たれるということはなかった。しかし、この天目だけは違った。

それは口縁部をわずかに外反りにし、腰から高台にかけて、なだらかな湾曲を描く優美この上ないもので、その色合いは、黄釉（おうゆう）と黒褐色の釉が現れ、裾周りに一カ所、黒釉の雪崩が垂れていた。

――これが名物というものか。

秀吉は、その侘びていながら気品ある尼子天目に目を奪われた。

この時から秀吉は、道具によって茶の湯が一変することを知った。とくに名物と呼ばれる道具は、それ自体が空間を圧するような存在感をたたえている。

爾来、秀吉はいずれの茶会にも茶匠として津田宗及を招いた。名物についての造詣が深く、話し上手な宗及とは、妙にウマが合ったからだ。

但馬・播磨両国を平定した秀吉の次なる目標は因幡国だった。六月、二万余の兵を率いた秀吉は因幡国に討ち入り、吉川経家（きっかわつねいえ）の籠る鳥取城を囲んだ。この籠城戦は長引き、兵糧の尽きた城内では人肉を争って食らうまでになっていた。それでも十月、ようやく秀吉は、降伏開城に追い込んだ。

十二月、信長はこの武功を賞賛し、「茶の湯道具名物十二品」を秀吉に贈ると同時に、「茶の湯については、堺衆を仕取り（指南役）として使うことを許す」、すなわち「堺衆を茶頭として使ってよい」ということを、秀吉に申し渡した。

これに歓喜した秀吉は、その四日後の二十七日、またしても津田宗及を誘い、摂津茨木城で一客一亭の茶会を開いた。

秀吉は、知らぬ間に茶の湯の虜になっていることに気づいた。つまり、信長の術中にはまっていたのだ。

――それにしても、茶の湯とは不思議なものよ。

あれだけ信長の方針に難色を示していた光秀でさえ、秀吉同様に「茶の湯張行」の許しを得て、嬉々として茶会を催している。元来が文化人の光秀である。今では、秀吉以上に茶の湯に耽溺しているとも聞く。

天正十年（一五八二）正月の儀式が一段落すると、秀吉はまたぞろ茶会を催したくなった。

正月十八日、姫路城に戻った秀吉は、いつものように津田宗及を招いたが、この時、宗及は山上宗二という茶人を連れてきた。

宗及によると、宗二は秀吉専属の茶頭を務めるよう、信長から命じられたという。秀吉は茶の湯に執心しすぎ、信長の気持ちを忖度（そんたく）しなかったことに気づいた。今井宗久、津田宗及、千宗易という当代随一の茶人は、信長専属の茶頭も同然であり、いくら「堺衆を仕取りとして使うことを許す」と言われても、宗及ばかり指名するのは避けるべきだった。

信長の意図を察した秀吉は、宗二を茶頭にする。

ところが困ったことに、肝心の宗二との反りが合わないのだ。

宗及との茶事は話が弾み、実に楽しかった。しかも宗及の巧みな話術は、秀吉に唐物名物への目を開かせてくれた。

宗及によると、宗二こそは「唐物名物の造詣については当代随一」とのことだったが、宗二に何かを問うても、必要最小限のことしか答えず、ただ不愛想に点前を披露するだけなのだ。

座敷には気まずい空気が漂い、秀吉は何度も癇癪を起こしそうになった。それでも、何かを習う身としては耐えるしかない。

ところが宗二は突然、「所用がある」と言って堺に帰ってしまった。いつ姫路に戻るとも言い残しておらず、さすがの秀吉も怒りを覚えたが、本業が多忙な秀吉は、そればかりに構ってもいられない。

そんな折、安土に出仕せねばならない事態が出来する。

対毛利戦の要となっていた備前の戦国大名・宇喜多直家が前年に死去し、その相続問題で宇喜多家中がもめ始めたため、信長の指示を仰ぎ、後継者問題を片付けねばならなくなったのだ。

一月二十一日、安土城に伺候した秀吉は、直家嫡男の秀家に家督を継がせる許しを信長から得た。これで宇喜多家中は安定するはずで、秀吉も一安心だった。

信長の前を辞した秀吉が自身の安土屋敷に戻ると、千宗易と名乗る客が来ていると告げられた。

――かの男がわしに何用か。あっ、宗二のことだな。

秀吉は宗易が謝罪のために来たと覚った。宗二は宗易の高弟であり、こうした場合、師匠を介して謝罪するのが通例だからだ。

「せっかくだから茶を点ててもらおう。飯と茶会の支度をしておけ」

家人にそう言い付け、秀吉が書院の間に赴くと、黒の頭巾をかぶり、木蘭(もくらん)色の道服を着、首から金襴の絡子（らくす）を垂らした宗易が、ゆっくりと平伏した。

「宗二のことで、ご迷惑をおかけしました」

宗易によると、宗二を叱責し、すでに姫路に向かわせたという。

「ご配慮、かたじけない。此度は茶匠にも様々あると学びました」

秀吉が皮肉を言う。

「仰せの通り。様々な茶道具があるのと同様、茶人も様々です」

「それが茶の湯というものなのですな」

「はい。茶の湯は一期一会を旨とします。すなわち、二つとして同じ茶会はありません」

宗易と禅問答をしていても始まらないと思った秀吉は、話を転じた。

「ときに宗易殿、せっかくなので飯を食った後、薄茶でも点ててくれませぬか」

「はっ、不調法ではございますが――」

小半刻ほど世間話をしていると、襖の向こうから声がかかり、膳が運ばれてきた。

式正（しきしょう）の本膳料理だが、突然のことなので、一から三の膳までの簡略化されたものだ。

一の膳には、雉の焼き物と牡蠣と松露の汁に白飯が、二の膳には、鱧の薄焼き、鴨の汁、独活の小口切りが、金彩銀彩の華やかな懐石家具に盛られた三の膳には、蒲鉾、鯛の刺身、鶉の焼き鳥と菓子が載せられていた。

食事を済ませた二人は、一客一亭の茶事に移った。

秀吉の安土屋敷にある数寄屋は四畳半で、床には虚堂の墨跡を掛け、その前に置いた「青磁砧 花入」には菜の花を挿してみた。炉には「乙御前釜」、台子に飾られているのは「針屋肩衝」「灰被天目」などの名物である。

宗易が点前を披露する。その優雅で軽やかな手つきには、人を惹き付ける何かがある。

――この男は、名人や名工ではない。

今井宗久や津田宗及は、職人で言えば名工にあたるのだろう。しかし宗易だけは、その域を超えている。

――つまり、これが伴天連（宣教師）たちの言っていたものなのか。

かつて伴天連の一人が、信長に西洋絵画を献上したことがある。信長は「実にうまい。これぞ名工の仕事だな」と言った。しかし、その翻訳を聞いた伴天連は、

「いいえ。これはArtesãoの仕事ではなく、Artistaの仕事です」と答えた。

――アルティスタ、か。

その意を信長はすぐに理解したが、秀吉には皆目、分からなかった。しかし今、秀吉にも、それが分かった気がする。

宗易の点前に見とれていると、宗易が天目を秀吉の前に置いた。

緑色の渦が絶妙の泡立ちを見せ、そこから上がる馥郁たる香りが鼻孔に満ちていく。

早速、作法に従って天目を回すと、秀吉は一口、喫した。

――うまい。

宗易の点てた茶は濃すぎることもなく薄すぎることもなく、ほどよく舌を刺激する。

喉から胃の腑に流れ込む熱さえも、何か特別のものに感じられる。

――これがアルティスタの仕事なのだ。

秀吉は、アルティスタが視覚だけでなく嗅覚や味覚までをも支配することを知った。

――そうか。人が茶の湯に魅せられる理由が分かったぞ。

絵画や書は視覚に、音楽は聴覚に、香は嗅覚に訴え、人は何事かを感じる。しかし茶の湯は、視覚、嗅覚、味覚、さらに座敷の外から聞こえる雨や釜の湯が煮える音までも包含している。

そこにこそ、茶の湯が人を惹き付ける理由があるのだ。

「ときに羽柴様」

秀吉が現実に引き戻される。

「何ですかな」

「中国の毛利と甲斐の武田を滅ぼせば、いよいよ右府様の天下は定まりますな」

「はい。おおよその目途はつくでしょうな」

「さすれば、いよいよ唐土ですな」

「そうなりましょう」

秀吉は世間話のつもりで、上の空で答えていた。

「右府様のお考えが現（うつつ）になれば、この世の富の大半は、織田家に集まるというわけですね」

秀吉の顔色が変わる。

「何を仰せになりたいのか」

「右府様は富を集めるため、逆らう者すべてを殺し尽くすでしょう」

温厚篤実な顔をしながらも、宗易の舌鋒は鋭い。

「そなたは何が言いたいのだ」

秀吉は、ようやくこれが世間話でないことに気づいた。

「この国から右府様に反旗を翻す者がいなくなり、右府様が天下を制しても、唐土に進出するという企てがある限り、天下万民に静謐はやってきませぬ」

「――」

「かの地で戦死や病死する者も、数限りなく出てきましょう」

秀吉は何と答えてよいか分からない。

「そんなものは、天下万民が安んじて暮らせる世ではありませぬ」

宗易が遠い目をした。

「われらが求めるのは、恐怖が支配する世ではなく、自由な世ではありませぬか」

「自由だと」

自由という用語は、五世紀に成立した『後漢書』に初めて見える言葉で、禅僧の間だけで長く使われてきたが、禅文化の普及と同時に一般にも広がっていった。

「そうです。生きとし生ける衆生が自由に暮らせる世を作るのが、為政者の使命。しかし武家の世となってからは、皆が皆、野心をあらわにし、民のことを顧みる者はおりませぬ」

「何を申すか」

秀吉は、ここで怒らねばならない。しかし、宗易の巧みな話術に搦め捕られたのか、怒りはいっこうにわいてこない。

「その最たる者こそ――」

宗易が、射るような眼差しを秀吉に向ける。

「右府様ではありませぬか」

「此奴――」

気づくと秀吉は、宗易から逃れんとするかのように半身になっていた。その時、刀置きに立て掛けられた太刀が目に入った。いまだ草庵数寄屋が考案されていない時代であり、刀は室内に置かれている。

「斬る！」

秀吉は太刀を手にすると、立ち上がった。

「お斬りになられるか」

それでも宗易は平然としている。

――此奴は、死ぬのが怖くないのか。

秀吉が鞘を払うと、宗易が首を前に差し出した。

「覚悟せい」

秀吉は、己の声が震えているのに気づいた。むろん太刀を構えはしたものの、そこから微動だにできない。

――気の力か。

一瞬、そう思ったが、そんないかがわしい力を使うとは思えない。

――ということは、まさか。

秀吉はその時、己の中の一部が、宗易に同意していることに気づいた。

「羽柴様、もしも右府様が、この世からいなくなれば――」

「言うな、何も言うな！」

柄（つか）を持つ手が汗ばむ。

――わしは、この男を斬れぬ。

それは秀吉だけでなく、すでに宗易も気づいているに違いない。

「われら二人で、天下万民が安堵して暮らせる世を創りませぬか」

宗易が秀吉の方に向き直った。宗易は座しているだけだが、凄まじいまでの圧力を感じる。

「羽柴様次第で、それは容易に叶うのですぞ」

――つまりその企てが、すでにあるということか。

「申すな。それ以上、何も申すな！」

秀吉は、両耳を覆いたい衝動に駆られた。

「それがしの指図通りに動いていただければ、すべては羽柴様の意のままになりましょう」

「どういうことだ」

秀吉は、遂に問うてはならない問いを発してしまった。

「それは、おいおいお話しいたします。まずは右府様を斃し、羽柴様が天下を取るおつもりがあるかどうかに、お答え下さい」

太刀を提げたまま、秀吉の呼吸が荒くなる。

――どうすればよいのだ。

「言い忘れましたが、万が一、この企てが露見しても、羽柴様には一切のご迷惑はかかりません。うまく行けば羽柴様は天下人、うまく行かずとも今のままということになります」

「そんなことができようか」

秀吉は、またも問うてはならないことを問うてしまった。徐々に、底なしの流砂に囚われていくような感覚に襲われる。

「それができるのです。羽柴様に天下を取るおつもりがあるのなら、そのあらましを、お話しいたしましょう」

――何ということだ。

数年前の秀吉であれば、この場で宗易を無礼討ちにしたはずだ。しかし最近、信長のように天下に号令したいという思いが頭をもたげてきていた。

――それが野心というものか。

「野心に囚われた者は、際限がなくなる」と、どこかの僧が語っていたのを、秀吉は思い出した。その時は笑って聞き流していたが、今はその通りだと思う。

――野心の頸木から逃れるには、野心を成就させるしかないのだ。

秀吉は腹をくくると、太刀を放り投げ、宗易の正面に胡坐をかいた。

「聞かせてくれ」

「お覚悟ができましたか」

「ああ」

「一つだけ断っておきますが、このことを聞いた後、右府様の許に駆け込んでも、羽柴様は殺されますぞ」

「そんなことは、そなたよりわしの方が分かっている」

「そうでしたな。これはご無礼仕りました」

信長に宗易の企てを密告したところで、猜疑心の強い信長は、秀吉を殺すに決まっている。

囚われた宗易が「秀吉も共犯者だ」という嘘の証言をするか、遺書を残して自害するだけで、いかなる弁明をしようが信長は許してくれない。

――それが信長という男だ。

秀吉ほど、信長を知る者はいない。

「そなたの話を聞くほか、わしには道がないようだな」

「よくお分かりで」

「それを見越して、そなたはやってきたのだろう」

「仰せの通り」

口端に薄ら笑いを浮かべると、宗易は計画を語り始めた。

二

宗易の企てが実行に移されたのは、忘れもしない天正十年（一五八二）六月二日だった。

明智光秀が、京都の本能寺に滞在する信長を襲ったのだ。

宗易がいかにして光秀をそそのかしたのか、秀吉は知る由もない。

それに先立つ五月初旬、秀吉は備中高松城を囲んでいた。そこに宗易から、「後詰を求める使者を信長の許に送るように」という知らせが届く。むろん秀吉はそれに従った。

秀吉の使者は五月十五日に安土城に着き、信長に後詰を要請した。

秀吉がしたことといえば、それだけである。

あらかじめ企てを知っていた秀吉は、すぐさま備中から取って返し、謀反人となった光秀を討ち取った。

どうやら宗易は、明智方に付きそうな大名や迷っている大名の許に自ら赴くか使者を送り、「羽柴様が間もなくやってきます。さすれば大義のある羽柴様が勝つことでしょう」と、告げさせたらしい。それにより明智方に付いた大名はほとんどなく、秀吉は倍する軍勢で、光秀を容易に破ることができた。

宗易が、光秀でなく秀吉を選んだ理由は明らかだ。光秀は、朝廷や寺社といった守旧勢力との関係が深すぎる。また宗易が、織田家と重代相恩の関係にある柴田勝家との距離を取るのも当然だった。勝家は織田家とその家臣団の利益を守る立場にあるからだ。

ところが秀吉は、そうした既得権益層の顔色をうかがう必要がない。

秀吉に幸運が舞い込み始めた。それをもたらしたのは宗易である。

宗易を側近くに置いた秀吉は、その意見を重用し始めた。

六月二十七日、信長の後継者を誰にするかと、その遺領や光秀の旧領をどう分配するかが話し合われることになった。清洲会議である。

この時の秀吉の対抗勢力は、北陸に四万の精兵を擁する柴田勝家だった。これまでの関係から、勝家が信長三男の信孝を推すことは確実であり、それに対抗するためには、次男の信雄を推戴する以外にない。信雄なら凡庸を通り越して無能なので、勝利の後も御しやすい。

しかし宗易は、首を左右に振った。

「いかに暗愚でも、かの御仁には欲があります。それゆえ、いつか裏切ることも考えられます」

宗易が後継者として勧めたのは、信長と共に死んだ長男信忠の遺児・三法師だった。

清洲会議当日、秀吉は三法師を推して、堂々と正論を展開し、事前に根回しを済ませていた丹羽長秀と池田恒興も同心したため、三法師の家督相続が決まった。

かくして清洲会議は、秀吉の完勝に終わる。

その後も宗易は、政治・外交から謀略に至るまで、秀吉のよき相談相手となっていった。

さらに秀吉の威を借り、堺の会合衆の主導権を握り、財政面でも秀吉を支え続けた。

ところが同年秋、柴田勝家、織田信孝、滝川一益の三人が手を組んだという情報が、秀吉にもたらされる。

十二月、秀吉は、今は柴田方の最南端拠点となっていた長浜城の城主・柴田勝豊を調略によって籠絡し、先手を打つ。これに怒った勝家は、雪が溶け始めた翌天正十一年（一五八三）三月、越前北庄を出陣し、琵琶湖北東の内中尾山に着陣した。

この頃、伊勢の滝川一益を攻めていた秀吉は、木之本まで進出し、すでに与党諸将に築かせていた賤ヶ岳周辺の陣城群に兵を入れた。

これにより双方の対峙が始まる。

この時、宗易は弟子の荒木村重を使って、あえて敵方の佐久間盛政に、味方の陣城の普請状況を伝え、盛政をおびき出した。

信孝のいる岐阜城を攻めると見せかけ、大垣城にとどまっていた秀吉は、おびき出しに成功したという使者が入るや反転、一気に雌雄を決した。

その勢いで逃げる勝家を追った秀吉は、越前北庄城で勝家を自刃させ、返す刀で岐阜の信孝と伊勢の一益を降伏に追い込んだ。

秀吉の軍略と宗易の謀略は見事な連携を見せ、強敵を次々と屠(ほふ)っていった。

それに従い、羽柴家中での宗易の発言力は高まり、宗易が長年にわたって考えてきた新たな茶の湯の普及へとつながっていく。

すなわち信長の死まで、茶の湯は名物唐物を所有する本数寄者(ほんすき)だけのものだった。しかし名物を所有するためには、ある程度の金持ちでなければならない。それゆえ本数寄者は、わずかな数しかいなかった。それが茶の湯の普及を妨げていることに気づいた宗易は、茶の湯の面白さを民へと拡大しようとした。

侘数寄の誕生である。

それは、所領の代わりに茶道具を与えるという信長の政治方針を踏襲した秀吉の考えとも、見事に一致していた。

経済的に恵まれていない侘数寄者は、三畳や二畳半の座敷で、名もない鉄錆の浮かんだ釜で湯を沸かし、割れ茶碗で茶を喫していた。

宗易は、そうした姿こそ茶の湯の精神の真髄であり、清く美しい茶が生まれると提唱した。

宗易の編み出した「侘数寄」の精神は、禅宗文化を好む豪商や文人墨客に広く受け入れられ、瞬く間に広まっていった。

この流行は茶道具まで広がり、何気ない雑器でさえ、宗易が「侘びている」と言えば、途方もない額で取引されるようになる。

宗易は常識的かつ世俗的な価値を否定し、常人なら捨ててしまうような粗雑な焼き物でさえ、己の感性に合致していれば、崇高なものとする独自の価値体系を創出した。

かくして宗易は美の世界を支配した。それはまさに、現世を支配する秀吉と表裏一体の関係だった。

天正十二年（一五八四）正月三日、秀吉は侘数寄の象徴として大坂城内に山里丸を築き、その数寄屋の座敷開きを行った。むろん茶頭は宗易である。これにより、天下人の表の顔は秀吉だが、裏の顔は宗易であることを、満天下に知らしめることになる。

ところが三月、父信長の天下を簒奪されたと思った次男の信雄は、徳川家康と手を組み、秀吉に対抗してきた。宗易が見抜いた通り、信雄は暗愚だが、欲だけは旺盛だった。

後年、小牧・長久手合戦と呼ばれることになるこの戦いは、実際の戦闘局面では家康が勝利を重ねたが、秀吉得意の調略によって信雄が籠絡されると、家康も臣従同然の和睦を結ばざるを得なくなる。

この時、宗易の弟子である織田有楽斎は信雄・家康方として参陣したが、交渉局面に入ると、とたんに秀吉と宗易の言いなりになり、信雄の調略に暗躍した。

宗易は弟子たちをも自在に操り、秀吉を支え続けた。もはや宗易なくして、秀吉の政権は維持できないと言っても過言ではなかった。

いずれにせよ秀吉は、家康と信雄を政権内に取り込み、天下人への階を、また一歩、上ることに成功する。

天正十三年（一五八五）三月、秀吉は京都紫野大徳寺で大がかりな茶会を開いた。

この時、秀吉は宗易の補佐を得て、百四十三人に茶を振る舞った。これが、二年後の北野大茶湯へとつながっていく。

同じく天正十三年、四月に紀州の根来（ねごろ）・雑賀（さいか）両一揆を平定した秀吉は、八月には四国の長宗我部元親（もとちか）と越中の佐々成政を降伏に追い込んだ。

そして十月、宗易は禁中での茶会を秀吉に勧めた。これにより朝廷や公家社会をも茶の湯に巻き込み、上は帝から下は浮浪の徒まで、秀吉と宗易は、同一の趣味を持たせることに成功する。

この時、秀吉が帝に茶を献じることになり、その後見役の宗易は、利休という居士号を賜った。

千利休の誕生である。

天正十四年（一五八六）正月十六日、秀吉は黄金の座敷を内裏に運び込み、再び禁中で茶会を開いている。秀吉は本気で、茶の湯を禁中の伝統文化として根付かせようとしていた。

またこの頃から秀吉は、信長の方針を踏襲するかのように、大陸を制覇すると周囲に漏らし始めた。己の内に巣食う野心の魔を抑えられなくなったのだ。

当然のように、これに反対する利休との間に溝ができ始める。

もはや利休は、秀吉を統御できなくなっていた。

苦肉の策として、利休は大陸への出兵に賛成し、秀吉の国内での支配力を弱めようとした。それが天下に混乱をもたらすことは、利休も十分に承知していたが、事ここに至れば背に腹は代えられない。

三

天正十四年の十二月、太政大臣に任官し、朝廷から豊臣姓を賜った秀吉は、名実共に天下人となった。

翌天正十五年五月、九州の大半を支配下に収めていた島津氏の降伏を受け入れた秀吉は、六月七日、筑前の箱崎に到着し、島津攻めの論功行賞を行った。

秀吉は十九日、箱崎の陣で、島井宗室や神屋宗湛ら博多商人を迎えて茶会を開いた。むろん、これから行われる大陸侵攻作戦の下打ち合わせのためだった。外征を成功させるには、彼らの経済的協力が不可欠だからだ。

夜も更け、茶会を終えた秀吉が自室に引き取ろうとした時、利休から声がかかった。

「関白殿下、お疲れ様でございます」

「さほど疲れてはおらぬ」

ここのところ二人の間には隙間風が吹いており、秀吉は利休の顔を見るのも嫌だった。

ところが利休は、一客一亭の茶会を申し入れてきた。

「それがしの点前でよろしければ、ぜひ一服、点てさせていただきたく――」

「よかろう」

秀吉は、なぜかそう答えた。その理由は自分でも分からない。まごうかたなき天下人の己が「要らぬ」と言えば、それで済む話なのだが、利休の言葉には得も言われぬ強引さがあり、断り難いのだ。

秀吉が四畳半の座敷に入ると、すでに利休は湯を沸かし、帛紗をさばいていた。

「相変わらず見事な手さばきよの」

「ありがとうございます」

「そなたは衰えを知らぬ」

「そんなことはありません」

「いや、幼い頃からうまいものを口にしていると、老いが来るのが遅いという。それに反して、わしのように、ろくなものを食べさせてもらえなかった者は、瞬く間に老いさらばえ、死ぬのを待つだけとなる」

秀吉の言う通り、この時代の豪商たちは総じて長命だった。

「それゆえ、死ぬ前に様々なことをしておきたくなる」

「泪（なみだ）」と呼ばれる茶杓を出した利休は、「木葉猿（このはざる）」という茶入から器用そうに抹茶をすくった。

「まずは――」

利休は赤楽茶碗を取り出し、茶を入れた。

「それは、『早船（はやふね）』か」

「さようです」

秀吉は黒楽茶碗が好きではない。ところがここ最近、利休は秀吉のいる茶席で、黒楽ばかりを使う。いかに天下人とはいえ、ほかの客の前で利休を罵るわけにもいかず、堪えていたが、今日、黒楽を出してくれれば手討ちにしたかもしれない。

しかし利休は、秀吉と和解したいかのように、赤楽茶碗の「早船」を使った。

「なぜ今日は、『早船』を使う」

それには何も答えず、利休は秀吉の前に茶碗を置いた。

作法に則って茶碗を回すと、秀吉は一服、喫した。

――うまい。

なぜか、利休の点てる茶は喩えようもないほどうまい。まさに粒子（つぶこ）の数まで分かっているかのようだ。

「かつてわたくしは、この茶碗を拝見したいという客人たちの望みを叶えるべく、堺の自宅から京都まで、早船で運ばせたことがあります」

長次郎が焼いたと言われるこの名物の名は、堺から早船を使って取り寄せたという逸話から付けられていた。

「しかし、これが着いた時、それまで渇望するがごとく、これを見たがっていた方々は別の話題に移っており、さしたる関心を払いませんでした」

「何が言いたい」

「その時、わたくしは覚りました。時を逸した趣向は陳腐でしかないと」

「何！」

秀吉の怒声にも、利休は動じない。

「そなたは、唐土への出師が時を逸しておると申したいのか」

「時だけではありません」

「何だと」

「人も違います」

「どういうことだ」

秀吉が金壺眼を光らせる。

「かような大事業は、右府様でなければ成就できませぬ」

「わ、わしでは無理だと言うのか」

「はい。交易の価値を知り、交易によって国家を富ませようという理念をお持ちだった方と、己の野心の赴くままに唐土を制したい方では、天地ほどの違いがあります」

「よくぞ申した」

秀吉の頭に血が上る。

「しかしそなたが、光秀に上様を殺させたのだぞ」

「仰せの通り。いかに理念が高邁でも、かの国の民に迷惑がかかり、また、この国の兵を無駄に死なせるような出師を行わせるわけにはいきませぬ。あの時は、それを止めねばならぬと思いました」

「それではそなたは、わしも殺すつもりか」

　利休の口端に笑みが浮かぶ。

「殿下を殺すなど考えてもおりませぬ」

「そうであろうな。万余の兵に守られるわしを殺すなど、神仏にもできぬことだ」

「そうでしょうか」

　利休の視線が、「早船」に据えられる。

「くわっ、ううぐ――」

　秀吉が茶を吐き出そうとしたが、利休が呆れたように言った。

「毒など仕込んではおりませぬ」

「なぜだ」

「早船」の口縁部に鴆毒を塗り付けて乾かしておけば、茶の熱で鴆毒が溶けるので、秀吉を殺すことは難しいことではない。

「この国は、関白殿下とそれがしが創ったのではありませぬか。つまり殿下とわたくしは、一心同体」

利休の口端に笑みが浮かぶ。

「一心同体の一方を、殺すことなどできましょうか」

――あっ、そういうことか！

ようやく秀吉は、野心よりも恐ろしい魔に取り付かれていると覚った。

「それゆえ、これからも仲ようやっていかねばなりませぬ」

「いつの日か、わしは、そなたを殺すことになるやもしれぬ。それでもよいのか」

「構いませぬ。その時は、殿下も豊臣家も破滅することになりますから」

利休の嗄れた笑い声が、座敷内に響きわたった。

四

天正十五年十月、秀吉は、高位の公家から浮浪の侘数寄まで一堂に会した「北野大茶湯」を開催する。

この催しこそ、秀吉と利休が求めてきた茶の湯の敷衍を象徴する一大行事となるはずだった。しかし十日の予定だった興行は、わずか一日で終わる。あらゆる階層の人々が、あらゆる道具を持ち寄って茶を楽しむという、利休の目指した茶の精神、「一視同仁」を具現化した一大行事も尻すぼみに終わった。

この後、秀吉はいっそう独裁制を強めていく。それが己と豊臣家の衰退を早めると分かっていても、秀吉には止められなかった。

――わしは利休から逃れたかった。そのためには破滅さえも受け入れる気になっていた。

天正十八年には小田原を攻めて北条氏を滅ぼし、その後に奥州も平定。前年に生まれた鶴松も順調に育っており、秀吉と豊臣家の先行きには一片の暗雲もなかった。

十一月には、朝鮮から通信使がやってきて、秀吉の天下統一に対して祝賀の辞を述べるが、秀吉はこれを朝鮮が帰服したと勘違いし、「征明嚮導（せいみんきょうどう）」すなわち「明征服の道案内役」をしてくれるよう求めた。いよいよ大陸制覇という未曽有の大事業を具体化させる時が来たのだ。

しかしこの天正十八年を頂点にして、秀吉の運は急速に衰えていく。

それは、翌天正十九年正月の弟秀長の死が端緒となった。誰にも替え難いこの補佐役を失ったことで、秀吉は迷走を始める。

そして二月、秀吉は遂に利休を除くという決断を下す。

――わしは、後先のことを考えず利休を殺した。そして彼奴は、嬉々として死んでいった。利休はすべてを見通していた。それゆえ、現世と直面したくなかったわしは、演能に逃避した。しかし、かの傀儡子の操る糸は、その死後もわしの体にまとわり付き、わしの自由を奪っていった。

「殿下、共に崖から身を躍らせましょうぞ」

利休の声が、耳奥で聞こえる。

おそらく半島への出兵も失敗に終わり、秀吉の威信は失墜する。そしていつの日か秀吉は、家康あたりに攻め滅ぼされることになるのだろう。

――だがそれまで、この身が持たぬ。

どうやら秀吉は、天下人としての生涯を全うできそうだった。しかし、地に落ちた豊臣家の威信を次代で取り戻すのは容易でなく、おそらく豊臣家は、さほど遠からぬうちに滅亡を迎えることになる。

秀吉にも、己と豊臣家の末路が見えていた。

――それでもわしは、傀儡子を殺す必要があった。

突然、鼓の音と囃子方の「ヤ声」と「ハ声」が聞こえてきた。

秀吉は現実に引き戻された。

いよいよ『明智討』も大詰めである。


其の時光秀は。さきぜいはやくくづるれば。叶ふまじとやおもひけん、先勝龍寺へ逃籠り。日も呉竹の夜にいりて。物あひ見えずなりはてて。敵の人数に打まぎれ。淀鳥羽さして落行くを。秀吉追つ掛け給ひつつ。何国までかはのがすべきと。甲の真向打割給へば、足弱車の廻る因果は、これなりけりと。思ふかたきにしらなみの。よりては打ち帰りては打ち。たゝみ重ねて百度千度、打太刀に。今ぞ恨みもはれてゆく、天下に名をもあぐる身の。忠勤爰に顕るゝ。

地謡と囃子方がやむ。同時に秀吉は、扇を持った右手を正面上方に突き出した。

万雷の拍手——。

その中で秀吉は思った。

——いったい、わしは誰なのだ。

特別収録・著者インタビュー　私が歴史小説を書く理由

◎己を知ることで生まれた傑作

――本作は連作短編集という位置づけですが、どの作品も凄まじい緊迫感に圧倒されました。

「ありがとうございます。短編集はとかく散漫な印象を持たれがちですが、統一されたテーマで貫かれている限り、読者は長編のように一気読みしてくれます。私の場合、短めの作品は本作のような連作短編集という形式を取ることが多いのですが、常にテーマを意識し、そこから逸脱しないように気をつけています。それが一気読みしていただける秘訣だと思います。また今回は、連載時に一つの短編だった表題作を二つに分割し、一部と二部として最初と最後に入れたので、テーマの統一感がいっそう出せたと思います」

――本作では弟子や秀吉の視点から利休を描いています。伊東さんは本作を刊行後、利休の視点でその生涯を描いた長編『茶聖』を上梓なさっていますね。

「利休は接する人ごとに異なる印象を持つ多面的な人物です。織田信長や西郷隆盛にも共通していますが、利休の場合、茶人であったため史料も少なく、捉えどころのなさは彼ら以上です。それゆえ利休に近い立場の武将弟子の牧村兵部、瀬田掃部、古田織部、細川忠興、そして豊臣秀吉の視点から、〝利休とは何者だったのか〟をテーマに描いたのが『天下人の茶』になります。本作を書いていた頃は、利休視点で長編を書くのは荷が重いと思っていたのですが、本作執筆後、利休視点でも描けるのではないかという手応えを摑み、『茶聖』に挑戦しました。二作のアプローチは異なるものの、両作ともに〝利休とは何者だったのか〟さらに〝茶の湯とは何だったのか〟というテーマで貫かれています」

――本作は直木賞候補にも選ばれました。歴史解釈を踏まえながら、大胆なストーリーテリングを用いるという伊東さんの醍醐味を堪能できる傑作ですね。

「ありがとうございます。本作では、私の持ち味であるストーリーテリング力と歴史解釈力を高度なレベルで融合させることができました。ですから、直木賞を取れなかったことなど全く気にしていません。逆に今指摘され、『そういえば、そんなこともあったな』と思い出したぐらいです」

――ものを創造する人間にとって、自分の強みを知ることは非常に重要ですよね。利休も己を知らずして己の道は拓けないということを問い続けています。

「その通り。私は己の強みを知っているので、それを常に意識して書いています。利休の弟子の多くがそうであったように、誰かの真似をするのは簡単です。しかしそこから独自性を生み出せるかどうかが勝負です。新人文学賞の応募作にも誰かのエピゴーネン（模倣）が多いと聞きますが、それはプロの世界では通用しません。最初はエピゴーネンから始めても、二作、三作と書き続けるうちに、いかに自分の強みや独自性を見つけていくかが大切です。私自身もかつては司馬遼太郎さんや吉村昭さんの作風に倣っていましたが、そうした時期を経て、今は自分の強みや独自性を意識した作品を書けるようになりました」

――一方、山上宗二は本質を理解できないまま壮絶な死を遂げます。彼の死の場面は、両作において鮮烈ですね。

「利休には、秀吉をうまく操り、世の中を静謐に導くという大義がありました。だからこそ、大局的見地から物事を考えられたのです。それに対し、大義を持たない山上宗二は、自らの感情を飼い慣らすことができませんでした。その結果、秀吉に悪態をつき、耳と鼻を削ぎ落されて死ぬことになります。実際に、宗二はかなりひどい暴言を吐いたと思います。秀吉に耳と鼻を削がれて死を賜った例は他にないですから。ちなみに私には、宗二視点で描いた短編で『天に唾して』という作品があり、『国を蹴った男』というタイトルの短編集に収められています」

◎経済を知れば歴史が分かる

――茶の湯とは不思議な芸術だと改めて感じます。

「茶の湯には所作や作法はもとより、庭から茶室へと続く空間演出、茶室建築、道具を使った趣向や寓意など、一言では言い表せないほど多くの要素が込められています。つまり、これらすべての調和を意識した総合芸術と呼んでもよいと思います。さらにこうした風情を楽しむだけでなく、武将たちが密室で会話するのにも適しています。茶の湯という名目で額を寄せ合い密談するところに、政治と文化の接点があるのです。さらに付け加えると、交わされた会話も含め、茶の湯は全てがその場限りのものです。それを茶の湯用語では〝一期一会〟と言います。こうした一回限りの儚（はかな）さも、茶の湯の魅力につながっていると思います」

――理想を説くだけでなく、それを実現するために政治の中枢に入り込んだのが、利休という人物の破格な部分だと感じます。

「文化・芸術のスペシャリストが、これだけ政治の世界に踏み込んだ事例は、日本史上後にも先にもありません。なぜ利休は、そんな危険な道を選んだのか。おそらく茶の湯を武器にして政治をコントロールすることで、世を静謐に導こうとしたのだと思います。だからといって利休は聖人というわけではありません。茶の湯バブルが起こることで、利休と堺商人たちは潤うからです。つまりビジネスのために、リアルな世界とバーチャルな世界の境界線を踏み越えたのです。それは危険なことでもありました。『茶聖』では丿貫（へちかん）という〝自己完結の茶の湯〟を志向した茶人を出し、利休との対比を試みています。丿貫を対置させることで、利休がいかに異形の茶人だったかが分かると思います。現代でも、文士からスタートして政治の世界へと踏み込んだ人がいます。一昔前の石原慎太郎さんなどは典型例ですね。百田尚樹さんも同様です。彼らはバーチャルな世界を創り出す力で、現実世界をも変えようとしたのです。私にはできないことですが、私は肯定的に捉えています」

――伊東さんの描かれる利休像の大きな要素として、彼が経済人であったことが挙げられると思います。

「利休は堺の商人ですから、堺の利益代表としての役割があるわけです。彼は芸術家や政界のフィクサーである以上に、ビジネスマンだったわけです。彼が世の静謐を求めたのもビジネスのためです。具体的に言うと、当時は大名や国人ごとに関所を設けていたため、遠くに運ぶほど関銭がかかり、海路で運んでも運上を納めなければならない。そうなると商人たちは利益が出なくなり、何かを遠くに運ぶモチベーションが減退します。それゆえ誰でもいいから天下を統一してくれれば、こうしたコストが減るわけです。そうした理由から、利休は時の権力者に近づき、様々な知恵を授け、天下統一を背後から支えたのでしょう」

――元経営コンサルタントで、実体経済に明るいことは伊東さんの作家としての一つの強みですね。

「ビジネスパーソンに歴史を学んでほしいという思いから、最近『英雄たちの経営力』という歴史エッセイを出しました。タイトルから分かる通り、歴史と経営をつなげたいという思いが、そこにはありました。どうしてかというと、歴史を知識として消化する人は多いのですが、そこから教訓を汲み取ろうとする人は極めて少ないからです。知識としての歴史を学ぶことが悪いわけではありません。しかし日本史には、社会で生きていく上で役立つ教訓が溢れています。それをこれからも伝えていきたいですね。『天下人の茶』や『茶聖』にも、そうした教訓がちりばめられています」

――伊東さんの作品には経済という視点が欠かせないですね。

「武将たちの決断や行動も、経済の視点がなければ理解することはできません。家康はなぜ天下を取れたのかというと、自分のことだけでなく、世を静謐に導き、経済を活性化させ、飢えのない国を作ろうとしたからです。すなわち〝経世済民〟です。例えば利根川東遷事業によって新田開発を行いました。これは四代将軍家綱の時代までかかりましたが、大成功を収めています。また秀吉が作り出した桃山バブルを解消するために、家康は地道に黄金を買い上げ、銀を輸出することでデフレ対策を行いました。こうした経済対策こそ、天下人には必要なのです。逆に秀吉は己の虚栄心のためだけに政治を私しました。これでは武将たちの支持を集められません。昔は逆のように言われていましたが、秀吉の経済音痴はひどいもので、家康はその尻拭いをさせられた感があります。経済をないがしろにする政治家や政権は長続きしません。利休は堺商人の出ということもあり、経済の仕組みをよく理解していました。秀吉にも様々に諫言したことでしょう。しかしそうした諫言が秀吉にとっては耳障りになってきて、双方に疎隔が生じていったのではないかと思います」

◎挑戦し続けたことで今がある

――政治経済への洞察とエンターテインメント小説としての読み応え。両方を兼ね備えた作品に仕上げるのはまさにプロの技術ですね。

「ありがとうございます。『天下人の茶』と『茶聖』は、戦国時代の政治経済を背景に、利休や弟子たちの内面描写を前景にして、自分の強みであるストーリーテリング力を駆使して描いた作品です。しかし茶の湯を深部まで理解し、それを噛み砕いて小説として伝えていくのはたいへんでした。それでも両作は、自分の設定したレベルに到達できた感があります。この二作があるからこそ、今は様々な挑戦ができています。ちょうど今、『鋼鉄の城塞　ヤマトブジシンスイス』という作品を新聞連載しているのですが、巨大戦艦『大和』の造船プロセスを理解するためには多くの専門知識が必要で、小説の中で分かりやすく書くには限界があります。しかし、それを越えていかなければ次の境地に到達することはできません。こうした挑戦の積み重ねが、作家を成長させていくと思っています」

――経済という視点を歴史小説に取り込んでいくという伊東さんの挑戦は、今後も続くのでしょうか。

「経済に限らず、私は毎回できるだけ困難な課題を自分に課しています。日野富子を描いた『天下を買った女』では室町時代の資産運用法を、大塩平八郎を描いた『浪華燃ゆ』では江戸時代の学問を掘り下げました。また11月刊行の『デウスの城』では、遠藤周作さんの『沈黙』に挑む覚悟で〝信仰とは何か〟を根本から問い直しました。そうした挑戦が可能になったのも、『天下人の茶』と『茶聖』で、茶の湯という極めて内省的で難解な世界を描き切ることができたからです。この二作で得た自信が、今の自分の支えになっています」

――『天下人の茶』に話を戻させてください。本作の冒頭と最後の部分は秀吉視点で描かれています。最高権力者の絶望的なまでの孤独がとても印象的でした。

「秀吉というのは実に面白い人物で、信長のように明確な国家経営ビジョンがあって天下を取ったわけではないんです。単に周囲から褒められたい、崇められたいがために、必死に戦って勝ち抜いていった感があります。おそらく自己愛性パーソナリティだったと思います。最晩年はリアルな世界を制覇することに飽き、バーチャルな世界に埋没します。それが演能だったのです。しかし秀吉は、死ぬまで心が満たされることがありませんでした。いかに周囲から賞賛されようと、さらなる賞賛を求めるからです。秀吉は死ぬまで虚栄心の虜だったのです」

――秀吉とは対照的に、利休は後世に何を残せるかを考えていましたね。

「利休は自分の死さえ無駄にしませんでした。秀吉から死を賜ったこのタイミングで死ねば、自分の名声と茶の湯は永劫の輝きを得られると思ったわけです。だから命乞いは一切しません。『詫びを入れれば許す』と秀吉に言われても拒否するわけです。さらに死をよりドラマチックに演出するため、命じられてもいない切腹という形式を選ぶわけです。ある意味、パフォーマンス好きの秀吉に対し、パフォーマンスで返したわけです。結局、利休の思惑通り、利休の名声は後々まで残り、現代でも茶の湯はクール・ジャパンの象徴のような地位を築いています。これはひとえに、利休の死に方とタイミングがよかったからだと思います」

◎他人の役に立ちたいという使命感

——伊東さんは、これまでも歴史小説によって通史を描くという目標について語っていらっしゃいますね。

「この国の成り立ちや、この国がいかに築かれてきたかを知ってほしいという一念から、通史というものを意識し始めました。具体的に言えば、過去の偉人たちが、いかに苦境を乗り越えて国づくりをしてきたかを、小説を通して知ってほしいと思ったのです。なぜ小説なのかというと、人物一人ひとりの心の動きを描けるからです。『それは史実ではない。お前の解釈だろう』と言われてしまえば、確かにその通りです。しかし史実を綿密に検討し、妥当性のある解釈によって心の動きを追っていくので、説得力があると思います。そこにこそ小説の存在意義があるのです」

――国際情勢も国内情勢も混沌とする中、歴史に学ぶことの重要性は増してきていると思います。

「歴史を知識として学ぶことは間違っていません。私も史実を探求することは大好きです。しかし日本人は、教訓として歴史を学ぶことができていません。堺屋太一さんに『若者は海を渡れ、老人は川をさかのぼり、収穫を若者に渡していく』というニュアンスの言葉がありますが、まさに歴史から得た収穫を、国際社会に飛び出そうとしている若者に渡していく役割が、われわれシニアには課されているのです。そうした意味でも、『天下人の茶』は茶の湯という日本独自の文化を通して、日本人とは何かを考えるきっかけになってくれると信じています」

【聞き手／瀬木広哉（編集者、ライター）】

【主要参考文献】

『古田織部の世界』宮下玄覇　宮帯出版社
『茶人豊臣秀吉』矢部良明　ＫＡＤＯＫＡＷＡ
『秀吉の智略「北野大茶湯」大検証』竹内順一、矢野環、田中秀隆、中村修也　淡交社
『利休七哲・宗旦四天王』村井康彦　淡交社
『千利休』村井康彦　講談社
『茶道の歴史』桑田忠親　講談社
『山上宗二記　付　茶話指月集』熊倉功夫校注　岩波書店
『図説千利休――その人と芸術』村井康彦　河出書房新社
『千利休の「わび」とはなにか』神津朝夫　ＫＡＤＯＫＡＷＡ
『［必携］千利休事典』小田榮一監修　世界文化社
『図解茶の湯人物案内』八尾嘉男　淡交社
『古田織部の世界　新訂』久野治　鳥影社
『へうげもの　古田織部伝――数奇の天下を獲った武将』桑田忠親著、矢部誠一郎

監修　ダイヤモンド社
『千利休より古田織部へ』久野治　鳥影社
『高山右近』海老沢有道　吉川弘文館
『茶道と十字架』増淵宗一　ＫＡＤＯＫＡＷＡ
『高山右近――キリシタン大名への新視点』中西裕樹編　宮帯出版社
『蒲生氏郷――おもひきや人の行方ぞ定めなき』藤田達生　ミネルヴァ書房

各都道府県の自治体史、論文・論説、展示会図録、事典類、ムック本等の記載は省略いたします。また参考文献が多岐にわたるため、茶の湯関連だけの記載にとどめさせていただきます。

【付記】

本書は、古田織部美術館館長の宮下玄覇氏のご協力なくして書き上げることはできませんでした。この場を借りて、宮下氏に謝意を述べたいと思います。

この作品は二〇一八年十二月文春文庫に所収されたものです。

天下人の茶

伊東潤

令和5年12月10日　初版発行

発行人――石原正康
編集人――高部真人
発行所――株式会社幻冬舎
〒151-0051東京都渋谷区千駄ヶ谷4-9-7
電話　03(5411)6222(営業)
　　　03(5411)6211(編集)
公式HP　https://www.gentosha.co.jp/
印刷・製本―中央精版印刷株式会社
装丁者――高橋雅之

幻冬舎時代小説文庫

ISBN978-4-344-43340-3　C0193　い-68-5